Интенсивные письма
Волчок, или так не бывает
пьесы

ИНТЕНСИВНЫЕ ПИСЬМА

集中治療室の手紙

イリヤー・チラーキ Илья Члаки

高柳聡子 訳

群像社

目次

集中治療室の手紙（二幕の喜劇）　7
独楽《こま》、あるいはそんなことありえない（終わらない喜劇）　125
訳者あとがき　188

集中治療室の手紙（二幕の喜劇）

登場人物

マリア
エディータ
ペテル
フランツ
トーマス
クラウス
オーベルハイム夫人
クラインシュミット夫人
ファーナー夫人
アレクサンドル
ミリアム
スレイマン

ヨハンナ
ボリス
ギーゼラ
ロルフ
カール
ヘルムート
裁判官
被告
ユルゲン
若い娘
踊り子たち
歌い手たち

夜の場面だと分かる程度にはじめのうちだけ、ぼんやりとした光が点っている。最初の場面で現れた色彩は、場面が展開するにつれ多彩になっていく。

役者たちは、ずっとベッドに横たわっていることはない。各人が自分の思い出話の内容に合わせて自由にふるまっていい。登場人物たちの話の中には、映画やビデオを見ているかのように極めて詳細に描かれるものもある。登場人物が多いので、やりたければ、一人の俳優が、二役、あるいは複数の役を演じてもいい。

第一幕

夜。病院。集中治療室。ぼんやりとした灯りが点っている。

1　マリアとエディータ

マリア　しーぃ、しーぃ、静かに、静かにして。もう痛くないわよ、痛くないわ。
エディータ　痛いわ。
マリア　すぐにひくわ。

エディータ　痛いわ。
マリア　すぐよ、すぐによ……。
エディータ　ところで、あなたどなた？
マリア　どなたでもないわよ……ただの……お母さんですよ。
エディータ　あたしのお母さん？
マリア　そりゃあ、そうよ……。あんたのよ、当たり前じゃないの、あんたのですよ。
エディータ　いいえ、あなた、誰かと間違えてるんだわ。あたしのお母さんはだいぶ前に死んだんだもの。あたしが十七のときだったわ。お母さんはね、あたしの誕生日に死んだのよ。ねえ、想像できる？　あたしの誕生日なのにお母さんは死にかけてるって。あたしはあのとき、ひどく気が動転してた。少し腹を立ててたかも。だってお客さんを招待していたんだもん、お母さんと二人で料理をたくさん用意してたの。好きな人が来ることになってたのよ。そうしたらお母さんが急に……。あたしがね、大きな声で言ったの、「ママ、テーブルクロスをかけて」って。返事は、バタン。急いで部屋に行ったら、床に倒れてたの、大の字になって、しゃがれ声を出してた。あたし、そばに駆け寄って、「どうしたの？」って聞いたの。ママは、喘《あえ》ぐような、いびきみたいな音をだしてた。その瞬間よ、息をひきとったの。もう息をしてなかったけど、あたし、聞き続けたの、「ママ、どうしたの？　ねえ、ママ、どうしたの？」って。怖かった。というわけ……あたし、十七だったのよ。ものすごく誕生日がやりたかった。だって……好きな人がいたのよ……ハンサムで、肩幅が広くって、見るからにアメリカ人って感じで……彼と結婚したかった、ものすごくしたかった……。想像してたの、マイケルと結婚するでしょう、彼はあたしをアメリカに連れて行く、あたしはおとぎ話の世界に行くんだわ、みんなが英語で話していて……そうよ……。お客さんたちがやって来たわ。マイケルもね。お祝いが始まった。友達のカトリンがひそひそ声で聞いてきたの、ママはどこなのって。ママは、そこにいたといえばいたのよ、置きっぱなしだった。出かけちゃったって答えといた。飲んで、食べて、踊って。あたしはマイケルといちばんたくさん踊った。素敵なパーティだった、楽しかった。彼ね、指輪をプレゼントしてくれたの。もっと後になって、二人きりになってからだけどね。朝、目覚めたら、これを君に、記念だよって。そして指輪を渡してくれた。安物の、三文の値打ちもないやつ、シルバーですらないんだから。でもあたしにはダイヤより素敵に見えたわ。朝食を食べてった、それからもう二度と彼を目にすることはなかった。妊娠しなくてよかったわ、とにかくいい男だったの。

マリア　で、あたしはどうなったんだい？

エディータ　ママはね、隣の部屋のベッドの下に隠しておいたの。ありったけの布でくるんでね……。ずっと死んだままだった……。ちょっと心配だったのよ、あたしとマイケルが寝てるときにね、だってあたしたちはそのベッドで寝てるわけじゃない……ママの上で……。ベッドはすごくギシギシいってたし。あたし、気が気じゃなかった、もしかしたら死んでなくて、今にも意識が戻って、ベッドの下から飛び出してきて、あたしたちがやってるのを見ちゃったらって……。修羅場だわ……。意識は戻らなかったけどね。マイケルが帰ったあと、あたしはママをベッドの下から引きずり出して、広い部屋まで引きずっていって、倒れたときの状態に戻したの、それから医者に電話をした。医者が来てママを見るとこう言ったのよ、「亡くなったのは今ではないですね」。このセリフにあたしがどれだけ驚いたことか、心臓が口から飛び出してしまいそうだった、でもおくびにも出さなかった。「かもしれません。今ではなくて、夜のうちだったかもしれません。目が覚めたら、倒れていたんです……」って言うと信じてくれたわ。でももし信じてくれなかったら。でもね、冷静に考えたの、あたしが殺したわけじゃないんだもん、勝手に死んだんだから、これ以上言えることはないって。それからママのお葬式をした。大泣きしたわ。ベッドのギシギシを思い出すたびに涙が出るの。ギシギシは何年もあたしの心を苛んだわ。

マリア　だろうね……。

エディータ　ママも失くした、結婚相手も捕まえ損ねた。

マリア　ああ、エディータ。

エディータ　そうなのよ、ママ……。

マリア　おまえはいい娘だったよ。

エディータ　ママはあのとき死んでたの？

マリア　死んでたさ、もちろん、死んでましたとも。
エディータ　じゃあ、何も聞こえなかった？
マリア　なにがだい？
エディータ　お客さんたちが来たのとか？　音楽は？　あたしとマイケルがベッドで寝てたのとか？
マリア　聞こえないよ、なんにも聞こえなかったよ。寝てたのなんか聞こえやしなかったね。
エディータ　聞こえなかったのね？
マリア　シーツの擦れる音すら聞こえなかったね。
エディータ　ベッドのギシギシは？
マリア　聞こえないよ、可愛いエディータ、なんにも支障なかったよ、ギシギシもまったく気にならなかったしね。
エディータ　やっぱり、聞こえてたのね……。
マリア　エディータ……。

マリアは体を起こし、ベッドの足元にぶら下がっている名札を見る。

マリア　エディータ……。

エディータ　ママ！　ママなの?!　本当にママなのね?!
マリア　ああ、もちろんさ、あたしだよ。他に誰がおまえのところに来るっていうんだい？　あたしほどおまえを愛してる人なんていやしないよ、いやしない。
エディータ　ママ！　あたしもママを愛してる。いつだって愛してたわ。ずっとママのことを思ってたの。ベッドの下に突っ込んでたときも……そのあともずっと……。でもママ、あたしのこと怒ってない？
マリア　なんてことというんだい、あたしのかわいいエディータ。
エディータ　お願いだから怒らないで！　あたし、ママに合わす顔がない！
マリア　大丈夫だよ、大丈夫、おまえは結婚したかったんだもの。
エディータ　でも、あいつ逃げたわ。
マリア　まあ、しかたのないことさ、赦しておあげ。
エディータ　ママ……ねえ、教えて……。
マリア　別の男を見つければいいさ。
エディータ　ううん、そのことじゃないの。あたし、死んだの？
マリア　なんてバカなことを言うんだい！
エディータ　あたし死んだのね。
マリア　くだらないことを言うもんじゃないよ。

エディータ　じゃあなんでこんなことが起こるのよ——あたしが死んでないのに、ママに会えるなんて？
マリア　おまえは病院にいるんだよ。
エディータ　そうね。
マリア　集中治療室だよ。
エディータ　そうね。
マリア　ありとあらゆる薬や麻酔があるんだよ……。
エディータ　麻薬も？
マリア　そういうもののおかげでコンタクトが取れるんだよ。
エディータ　ママ、でもママは若いうちに死んだじゃない。どうして老けてるの？
マリア　おまえは質問ばっかしだね！　もしあたしが老けていなかったら、おまえはあたしのことを孫だと思って、ママって呼ぶこともできやしないだろう。
エディータ　そりゃそうね。
マリア　そうに決まってるよ。
エディータ　あたしも、こんな歳になっちゃった。
マリア　そうだねぇ、エディータ。
エディータ　ママ、どこにも行かないでね。

マリア　あたしはここにいるよ。
エディータ　薬の効き目が切れてもね……。
マリア　行かないよ。
エディータ　絶対に行かないでね！
マリア　おまえのそばにいるよ。
エディータ　なんでもっと早く来てくれなかったの？　すごく会いたかったのに！
マリア　おまえの願い方が足りなかったんじゃないかい。
エディータ　そんなことができるって信じていなかったのよ。教会に通ってる時だって、ろくに信じてなかったくらいだもん、ママの言うとおり、足りなかったんだわ。ただ惰性で通ってただけ、惰性で祈ってただけ。祈りながら、頭の中じゃつまらないことばっかり考えてた、子どものことやら、孫のことやら、ひ孫のことやら。
マリア　ちょっとは気分がよくなったかい？　もう痛くないかい？
エディータ　とてもいい気分よ、ママには想像もできないでしょうけど……だって、夢にも見なかったほど幸せなんだもん……。
マリア　おまえはひどく疲れているんだよ。
エディータ　違う、全然疲れてなんかいないわ。ママと一緒にいるのが好きなのよ！
マリア　横におなり、休まないと。

エディータ　ママ?!　どこにも行かないって約束したわよね、ママ！

マリア　どこにも行きゃしないよ。すぐに戻るから、おまえは少し眠りなさい。横になってお眠り。心配しなくていいから、あたしはここにいるだろ、おまえが寝ているあいだ見ててあげるから。ね、分かったかい？

エディータ　お願いだから、どこにも行かないで！　お願い！　ママ！　嫌よ、そんなの嫌！

マリア　あたしはここにいるよ！　目をつぶるんだよ、おまえはもう休まなきゃ！

エディータ　つぶるから、でもどこにも行かないで！

マリア　はい、はい。

エディータ　子守唄を歌ってよ、ママ。

マリア　なんだって？

エディータ　ママの歌を聞くの、大好きだった。

マリア　エディータ、あたしにはもう声がないんだよ。

エディータ　歌って。

マリア　耳もないんだよ。

エディータ　ママの耳は素晴らしかったわよね、声もね。ママ、あたしのそばに座ってよ……もっとこっちに来て……。

マリア　目をつぶりなさい。

マリアがエディータのベッドに腰掛け、子守唄を歌い始める。

マリア　なんだって？
エディータ　それじゃないわ。
マリア　他のは覚えていないよ。
エディータ　歌ってたじゃない……。
マリア　覚えていないんだよ！
エディータ　クマネズミさんのやつよ。
マリア　クマネズミさんのやつ？
エディータ　クマさんのやつだったかも。
マリア　クマさんのやつ？
エディータ　よく覚えてないわ、ママ。何か動物が出てきたはずなんだけど。なんだかとっても悲しい歌だったような気がする。ママの歌を聞きながら思ってたの、なんだって夜にこんな悲しい歌を聞かせるのかなって。だってあんな悲しいメロディを聞きながら眠れるわけがないじゃない。あんなメロディ、泣くにはもってこいだけどね。そうね、泣くのならね。歌ってよ、ママ。

マリア　動物のやつ。
エディータ　そう。
マリア　（歌う）この世に動物が住んでいました——クマネズミさん。
エディータ　そう。
マリア　（歌う）この世に動物が住んでいました——クマさん。
エディータ　そう。
マリア　この世に動物が住んでいました——松ぼっくり。
エディータ　そう。
マリア　この世に動物が住んでいました——おデブさん。
エディータ　そう。
マリア　動物が住んでいました、クマさん、トラさん、ラバさん、フナさん。歌って、踊って空を見て、憂鬱になんかなるもんか、走って、跳んで、空も飛ぶ、泳ぎもするし、夢も見る。いち、に、さん、し、ご、エディータ、憂鬱になんかなっちゃダメ。いち、に、さん、し、ご、エディータ、さあ、踊ろう。いち、に、さん、し、ご、空の飛び方を教えてあげよう。いち、に、さん、し、ご、エディータ、憂鬱になんかなっちゃダメ。
エディータ　そう、楽しい歌。こんなの聞いたら眠れやしないわ。
マリア　いち、に、さん、し、ご、早く目をつぶるんだ。寝るんだ、寝るんだ、エディータ、寝るんだ。
エディータ　その歌を一度も歌ってくれなかったなんて残念。
マリア　すぐにまた来るからね。
エディータ　明日？
マリア　明日ね。
エディータ　ママ……。
マリア　はい。
エディータ　おやすみなさい、ママ。
マリア　おやすみ、エディータ。

エディータは目を閉じ、眠り始める。マリアは彼女から離れていく。

2　マリア

マリア　私のかわいい息子！　あなたがいなくてどんなに淋しいことか。よくないわ、とってもよくことだわ、親が子離れできないのも、子どもが親離れできないのも。子どもにとっても、親にとってもよくないことだわ。私たちも鳥のように、羽ばたくことを覚えなきゃね、消えなきゃだわ。依存せずにね。親が苦しみながら死ぬのを見て、子どもがつらい思いをしなくてすむもの、私たちだって、四六時中子どものことばかり心配して苦しまなくてすむわ。でもねぇ……。子どもを思う親の愛よりいいものって何かしら？　親を思う子どもの愛より素晴らしいものって何かしら？　ああ、淋しい！　でもそんなことなんでもないわ、なんでもない……。ここには面白い、素晴らしい人がたくさんいるもの。あなたがやって来たら、絶対にあの人たちに紹介してあげるわね。といっても、あなたが来るのを待てなくって、あの人たちのところへ行くたびに、あなたの話をしているんだけどね。力が出てくるとね、すぐにお隣さんたちのとこに行くの。一人でいるのは大変だもの。知ってるでしょう、私は人間が好きだし、あの人たちだってお互いさまってわけ。

3　マリアとペテル

ペテル　おい！　おい！　おーいってば！　あんたに言ってるんだよ。聞こえてんだろ！　おい！　あっちはどうだった？　おばさん！

マリア　あたしのこと？

ペテル　あんただよ、他に誰がいるってんだ。もっとこっちに来てくれよ。

マリア　はい、はい、おじさん。

ペテル　何がおじさんだよ、くそったれ。爺さんだよ、俺は。
マリア　聞こえてますよ。
ペテル　俺は聞こえないんだよ、もっとこっちへ来いよ。
マリア　はい、はい。
ペテル　あんた、なにか怖がってんのかよ？　噛みつきゃしないよ。
マリア　聞こえてますよ。
ペテル　そこなんだよ問題は。まったく安全なんだよ。ちくしょう、歯が抜けちまってさ、どこに行っちまったんだか分からないんだよ！　そのへんにないか見てくれよ。たぶん、棚んなかにでもあんじゃねえかな。
マリア　ないわよ。
ペテル　いいか……そこの衝立の向こうに婆さんがいるだろ、容体はかなり悪いらしい、今日明日もたないって。医者たちが言ってたんだよ。まったく見込みなしってな。もしかしたら、もう……かもしれない。きっとそうだぜ。分かるか？　もうくたばっちまったよ。だろ？
マリア　いいえ、まだよ。
ペテル　歯さ。
マリア　何ですって？
ペテル　あの婆さんにはもう歯は必要ないよな。

マリア　あなたに合うわけないじゃないの。
ペテル　たいしたこっちゃねぇよ、こっちに持ってこいよ！　歯がなきゃやってられないだろ?!
無いよりましさ！　あんたは自分の歯なのかい？
マリア　自分のよ。
ペテル　嘘つけ！
マリア　自分のです。
ペテル　あんた、いくつだよ？
マリア　自分のです。他人の歯なんて意味がないわ。
ペテル　俺はただ、試しに入れてみようかと思っただけさ。
マリア　あなたは歯がないほうがいいわよ。
ペテル　おい、ところであんたいったい誰だよ？　誰のとこに来たんだ？　それとも看護師か？
歳くった看護師だな。
マリア　おやすみなさいませ。
ペテル　若い、若いよ。もしかして、あの世からか？
マリア　あちらからよ。
ペテル　俺も三日前にあっちに行ったんだよ。ほんとだよ、気に入った。いいところだ。痛みもないし、欲もない――無だ、無が満ちてる。天国なんだなって思えたよ。そしたら突然、医者の野郎が耳元ででかい声出しやがって！　なんだってあいつはあんなとこででかい声を出すんだか、俺にはさっぱりわからなかったよ、でももしかしたらでかい声なんか全然出してないのかもしれないよな、俺がそんなふうに感じただけでさ。そうだな、でかい声なんか出してなかったたって自信もって言えるよ。彼はすごく落ち着いた人だ、生まれてこのかた大きな声なんかあげたことない。想像してみてくれよ、彼はものすごくちいさな声で囁いてる、けど俺にとっては耳をつんざくような、ひょっとして鼓膜が破れるんじゃないかって大きさなんだ。起き上がって補聴器を切ろうと思うのにどうやってもできない。俺はいまだに起きられないんだからな。全身あちこち切ったんだからな。いや、切ったのは彼じゃない。切ったのは別のやつだ、分かってる。それとも彼だったかな……。あんた、名前は？　なんで黙ってるんだよ？　俺はペテルだ。あんたは？

マリア　どうでもいいじゃないの。

ペテル　好きにすりゃいいさ。ところであんた、ここで何をしてるんだ？　掃除か？

マリア　もう夜中よ。

ペテル　医者じゃない、看護師じゃない、掃除人じゃない。患者か？　そうだろ、なんで分からなかった！　患者だ！

マリア　しっ！

ペテル　当たった、当たった！　患者だ！

マリア　すぐに看護師が来て、鎮静剤を打たれるわよ。
ペテル　あんたはなんで歩けるんだよ？　あっちから来たんじゃないのかい？
マリア　あちらからよ。
ペテル　ここには歩けるやつはいないんだよ、歩くのはあちらに行くときだけ。ところで、今日の看護師はどいつだ？　赤毛か、それとも黒毛か？
マリア　金髪よ。
ペテル　あんたに本当のことを教えてやるよ、あの黒毛はろくでもない女だよ！　三十年くらい前にあの女と出会ってたら、俺がまともな人間にしてやれたんだけどな。
マリア　三十年前には、彼女まだ生まれていないわよ。
ペテル　俺の三十年ってことだよ。ろくでもない女だ、あんたに教えてやるけどな、根性の腐った意地悪女さ！　水を飲ませようとして、あの女が俺の頭を持ち上げるたびに感じるんだ、こいつ、俺の頭もほかのとこも全部きれいさっぱりもぎ取るつもりなんじゃないかって。俺を嫌ってるんだ、分かるんだ、嫌いなんだよ。なんでだと思う？　俺が無力だからだ、まったく体も動かせないし、口も利けないからだ。まあいいよ、動けるようになるだろうし、口も利けるようになるだろう！　もし俺がくたばらなかったら、あんたのことを思い出すだろうよ。あんたは執念深いほうか？
マリア　いいえ。

ペテル　俺も昔はそうだったよ。けどな、あのクソ女に関しては、なにひとつ許してやる気はない。俺はあいつのために、なにかとっておきのことを考えるつもりだよ、あいつのためだけにサプライズを用意してやるんだ。そこにさ、二日前にトルコ人の男がいたんだよ。彼は俺より運が良かったよ。彼のことを、あの女は、俺の何千倍も何万倍も好きだった。百倍以上はよくしてやってたよ！　トルコ人の男にはな！

マリア　あれはトルコ人の女よ。

ペテル　男だよ。

マリア　女よ。

ペテル　そうかな……。なんで分かるんだ？

マリア　あたしは彼女の見舞いに来たのよ。

ペテル　だったら間違いないな。俺は衝立《ついたて》で見えなかったもんだから。それに、そのトルコ人の男、いや、女は、口が利けなかったんだ、ただ音みたいなものを出すだけで……何を言ってるか分からなかった。それで俺は、トルコ人の男だと思ったんだ。

マリア　はじめのうちは彼女のうめき声が聞こえたでしょう。一晩中ずっとうめいていたんだから。

ペテル　全然気づかなかったな。

マリア　あなたはあなたで大変だったんだものね。

ペテル　その通り。
マリア　次の日の夜、彼女叫んでいたでしょう。
ペテル　ひどく叫んでたな。痛かったんだろ、助けてって言ってた。
マリア　トルコ語で叫んでたのよ、トルコ人なんだから。トルコ語で、助けて、助けて、助けてぇーって。
ペテル　あのひとでなしが来て、こう言ったんだ、やかましい、このメス犬！
マリア　そうね。
ペテル　やかましい、このメス犬！
マリア　そう言ったわね。
ペテル　やかましい、このメス犬！　俺は起き上がって、あの下劣な女をぶっ殺してやりたかった！　でも起き上がれなかったんだ。それでありったけの力を振り絞って叫んだんだよ！
マリア　でも誰もあなたの声は聞かなかったわよ。
ペテル　叫んだよ、でも誰も俺の声を聞かなかったわけか。
マリア　あなたは囁き声ひとつ出す力がなかったのよ。
ペテル　なかったな。
マリア　あの女は身を屈めて、彼女の耳元で囁いたのよ、やかましい、トルコのメス犬って。あのトルコ人は素敵な女性だったわ、とっても素敵だったの。親切で。あたしは彼女が大好きだったわ。彼女の名前を知ってる？　ビチディよ。

ペテル　ビチディ？

マリア　ビチディ。トルコの田舎にある普通の名前よ。腎臓がかたっぽう他人のだったわ。自分のは両方ともダメになってしまったのよ。出産後にね。何年も前にトルコで移植したの。かたっぽうが他人のになってからドイツに移ってきたの。三人の子どもを育てあげたわ。

ペテル　それから、彼女、呼吸がえらく荒くなったよな。

マリア　そんなに長い時間じゃなかったけどね。

ペテル　それから落ち着いた。少し楽になったんだな。朝になったら一般病棟に連れていかれた。それでまた俺は思ったんだ、運のいい男だなって。知らなかったからさ、彼が女だって。

マリア　運が良かった。

ペテル　本当にそう思ったんだよ——運のいい男だって。

マリア　彼女は死んだわ、朝の引き継ぎのときに言ってたわ。

ペテル　死んだ?!

マリア　ビチディ……。

ペテル　あんたはどこへ？

マリア　死んだ彼女を見舞いに行くの。

ペテル　彼女に伝えてくれよ、俺が恨みを晴らしてやるからって。いいか？　きっと伝えてくれよ。

マリアが出ていく。

4　マリア

マリア　なんて退屈なの！　あなたがいなくて淋しい。とってもあなたに会いたいわ！　聞いたんだけどね、いまどきはお互いの顔を見ながら話ができる電話があるんですって。私にもそんな電話があればいいのに……とは言っても、もちろん、そんなの本当に会ったことにはならないけどね。犬にいくら電話を近づけてみたところで、受話器に向かって大きな声を出そうが出すまいが、何の反応もありゃしないもの、受話器が匂いを伝えてくれるわけじゃないし。まったく私は、まるで犬みたいなものだわ。

5　フランツと二人の息子――トーマスとクラウス

フランツは眠っている。彼らが話しているところへマリアが入ってくる、彼らは彼女に気づいていない。

トーマス　静かにしろよ。
クラウス　静かにしてるよ。
トーマス　俺たちが来たことは聞こえちゃいないよ。
クラウス　耳は聞こえるのかな。
トーマス　そろそろ、なにもかもだめになる頃さ。
クラウス　けど、耳がいちばん先だぜ。
トーマス　ほんとかよ？
クラウス　いちばんではないかもしれないけどな。
トーマス　たぶん、最初のほうではあるな。
クラウス　おそらくな。
トーマス　きっとそうだぜ。
クラウス　寝てるか？
トーマス　他に何ができるよ？
クラウス　分からないけど。
トーマス　寝てると思うぜ。
クラウス　俺、職場からまっすぐ来たんだよ。
トーマス　百も承知だよ、俺だってそうだ。

クラウス　飯《めし》、食ったか？
トーマス　俺はいつも職場で食うんだよ。
クラウス　俺もだいたいそうだよ。けど今日は暇がなかったんだ。仕事が山ほどあってさ、一秒も腰を下ろす暇もなかったよ。どいつもこいつも、今日に限ってガラクタを整理することにしたって感じだな。
トーマス　俺のとこだって、今日はなんだかしこたま積み上がったぜ。まだこんなくそ暑いのに、外で働くなんざ無理だよな。仕事じゃなきゃ、やれたもんじゃないぜ。
クラウス　まったくだな。
トーマス　そのかわり、頭痛はしないけどな。
クラウス　その通り。
トーマス　親父がいつもそう言ってたよな。
クラウス　その通り。
トーマス　正しかったな。
クラウス　じゃあ、おまえは食わないんだな？
トーマス　食う、食う。
クラウス　ビール持ってきたんだよ。
トーマス　俺も飲むよ。

クラウス　分かってるよ。少し多めに買ってきたぜ。
トーマス　親父には？
クラウス　当たり前じゃないか。
トーマス　喜んで飲むと思うぜ。
クラウス　当然だよ。ビールは親父のいちばん大事なもんだからな。
トーマス　だから買ってきたんだ。
クラウス　飲ませてもいいかな？
トーマス　たぶんな、なんでだめなわけがあるよ？
クラウス　俺もそう思ってたとこさ。
トーマス　目を覚まさないうちにやろうぜ。

クラウスが瓶を二本取り出し、ライターを使って栓を開け、トーマスに一本渡す。

クラウス　乾杯。
トーマス　乾杯。

二人は飲んでいる。

トーマス　これ、俺の好きなやつだ。
クラウス　俺もこれにしたんだよ。
トーマス　俺がいつもお前に言ってただろ、これよりうまいのなんかないって。
クラウス　なんだって自分で思い至るまでは分からないもんさ。
トーマス　お前は年下なんだから。信じろよ。
クラウス　信じてるさ。けど、最近、分かったんだよ。
トーマス　ってことは、あんまり信じてなかったってことだ。
クラウス　なんでだか起きないな。
トーマス　起きるさ。
クラウス　今日は背中を痛めるとこだったよ。あんまりゴミが多いもんだからさ。
トーマス　なんにもなかったか？
クラウス　ないな。
トーマス　俺が頼んだやつ、忘れるなよ。
クラウス　覚えてるさ、もちろん。ベンチとテーブルだろ。
トーマス　ダーチャ用のだぜ、だから、ごくシンプルなやつがいいんだ。
クラウス　分かってるさ、けど今はふかふかのやつしかないんだよ、あとはキャビネットだろ。

トーマス　忘れるなよ。
クラウス　忘れないよ、仲間たちにも言ってあるしな。一週間もすりゃなにかしら出てくるさ。
トーマス　本当か？
クラウス　疑うんじゃねぇよ。
フランツ　何をだ？
クラウス　あ、親父……。
トーマス　父さん……。
フランツ　何を疑うんじゃねぇって言ってるんだ？
クラウス　トーマスのために、俺がダーチャ用のベンチを探してやってるんだ、すぐに見つかる
　って言ってるんだよ。
トーマス　テーブルもだぜ。
クラウス　ああ。
トーマス　でかいテーブルだぜ。
クラウス　親父、ビール持ってきたぜ。
フランツ　そうか。
クラウス　飲むか？
フランツ　なんで聞くんだ？　こいつは何をわざわざ聞いてるんだ？

トーマス　もしかしたら飲めないかもしれないだろ。
フランツ　なんでビールが飲めないんだ？　変なこと言いやがって、開けろ。

クラウスはビールを開け、父に手渡す。

フランツ　さあ、やろう。

フランツとクラウスは瓶を合わせる。フランツが瓶を落としそうになり、中身がベッドにこぼれる。

フランツ　くそったれが！　おまえがもっとしっかりと瓶をぶつけないからだろ？　このバカ野郎！
クラウス　ああ、力が足りなかったみたいだな。
フランツ　「みたいだな」だと……瓶を持て……トーマス、おまえはなんで立ったんだ？
トーマス　大丈夫だよ。
フランツ　「大丈夫」ってなんだ?!　乾いてるとこがねえじゃねえか！
トーマス　全部こぼれたわけじゃないよ、ちょっと残ってるよ。

フランツ　おまえが飲め、俺にお前のをよこせ。
クラウス　全部ベッドの上にこぼれちまったよ。
フランツ　そうか。
クラウス　看護師が来たら、なんて言うつもりだ？
フランツ　包み隠さず言えばいいだろ。
クラウス　ビールのことは言っちゃまずいんじゃないかな。
フランツ　どう言えばいいかは分かってる。
クラウス　どう言うんだ？
フランツ　漏らしましたって言うさ。
トーマス　親父、嘘はダメだよ。
フランツ　年寄りで病人なんだ、そりゃ、漏らすだろ。
トーマス　そりゃそうだけど、あんたは漏らしたりしないだろ。
フランツ　なんだと、俺にはお漏らしができないって言うのか?!　いくらだってできるとも！
トーマス　おい、見ろよ、そこに袋があるだろ、尿がこの管を通ってそこに入るようになってるんだよ……。
フランツ　なんだこりゃ？　こりゃ俺のか？　なんでこんなもんが？（シーツをめくる）くっそう！

トーマス　尿だよ。
フランツ　黙れ！
クラウス　落ちついてくれよ、父さん。
フランツ　ビールを寄こせ！

トーマスが瓶を差し出す。

フランツ　静かにしろ！

トーマスとクラウスはフランツの瓶に自分たちの瓶を軽くぶつける。

フランツ　静かにしろって言っただろ！
トーマス　親父、ほら、支えてやるよ。
フランツ　自分でできる！
クラウス　父さん……。
フランツ　飲もうぜ！

フランツは瓶を口にもっていこうとするが、できない。

フランツ　くっそう！　あのメス犬どもめ、俺に何をしやがった！

クラウス　大丈夫だよ、父さん、落ち着いてくれよ、すぐになにもかもうまくいくからさ。

トーマス　看護師が言ってたよ、あんたは若いって。

クラウス　すぐに退院できるって言ってたよ。

フランツ　冗談じゃねぇよ、クソ女め！　ビールを寄こせ！

トーマスがフランツの口にビールを運んでやり、フランツが飲む。

フランツ　はあ……。

トーマス　はあ……。

クラウス　はあ……。

フランツ　これでもうお漏らしはできねえな。

トーマスとクラウス、消える。

6　フランツとマリア

フランツ　トーマス、クラウス……どこだ？　おい、どこに行きやがった？　かくれんぼしてるのか？　よおし、見つけてやるぞ、ケツを捕まえてやるからな！　どこにいるんだ、くそガキども？　おーい、俺にはおまえたちが見えてるんだからな！　おーい、クラウス？　トーマス？
マリア　ここにはいませんよ。
フランツ　なんだって？　今しがたまでいたのに……どこに行きやがったんだ?!
マリア　帰りましたよ。
フランツ　なんだおまえは、俺をバカにしてるのか?!　言っただろうが——今しがたまで二人ともここにいたんだよ。
マリア　今しがたじゃありませんよ。
フランツ　今だって言ってんだよ！
マリア　二日前ですよ。
フランツ　なんだって？
マリア　お二人がいらしたのは二日前です。
フランツ　だって俺たちは今しがた……。

マリア　光陰矢の如しです。
フランツ　見てくれよ、シーツが全部濡れちまってさ、俺がビールをこぼしたんだ……。
マリア　二日前に取り替えましたよ。
フランツ　乾いてる……。
マリア　回復に向かってますよ。
フランツ　回復だと？　おい、俺を騙すんじゃないぞ、ダメだってことくらい自分でもわかってるんだ。悪すぎて何も言えないんだろ。手術中に俺は眠ったままで外科医がしゃべるのを聞いたんだ、「どうなるか分からないがやるとしようか。何の役にも立たないくたくたのぼろをちょきちょきやりましょうか。安らかに死なせて差しあげましょう」ってな。分かったか？
マリア　あなたは生きていますよ。
フランツ　そう言ったんだ、くたくたのぼろってな。その通りだ、だから、あんたに言ってるんだ。いったいなんのためにあいつらは俺の腹を切ったりしたんだ、殺しちまえば済んだものを。
マリア　奥様はどこにいるの、フランツ？
フランツ　カミさんがなんだってんだ？
マリア　ほとんどいらしてないようだけど。
フランツ　ほとんど？　何バカ言ってんだ？　ありがたいことに、あいつはここに来たことはない。
マリア　「ありがたいことに」？

フランツ　正直言うとな、病院ってのは、俺があいつから逃れてひと息つける唯一の場所なんだ。うちのカミさんはな、あの世でもねちねちいじめてくるような女なんだ。あっちに行っても、俺が泣くまでねちねちやるこったろうよ。いい奴だよ、もちろん。そうだな……。だがな、他の連中にとってはいい奴なんだ。あいつは俺を見るとアレルギーを起こすんだな。俺が何をしようが、もう最悪だと思うわけだ。俺の考えてることがわかるか？　俺はな、あいつの寿命を延ばしてやってる気がするんだ。自信があるよ。考えてもみてくれよ。俺を見るだけでいいんだよ、あいつの脳味噌が活発に動き出すにはな。本当だぜ。脳味噌だけじゃない、全身が目覚めるんだな。俺をちらっと見るだけでな、あいつは身震いしてさ、全身が一変してさ、血がふつふつ沸いてきてさ、ありとあらゆる運動が始まるんだよ——体操だな、心と体の体操だよ。俺がいなけりゃ、あいつは始終、うつ状態なんだろうけどさ、そんなの俺のせいじゃない。嫌なことはなんだって俺にぶつけてくる。自分はきれいなまんま、かたや俺は、どっぷりとクソに浸かり切ってるってわけさ。そういう解毒法なんだな。新鮮できれいな空気がありゃ、人間は長生きできるってもんさ、けどよ、吸うもんが何もないとなりゃ、どうなる、なぜって、頭のてっぺんから足の先まで他人の汚物に浸かってるんだから、そりゃあ、寿命だって相当短くなるだろうよ。そういうわけで、あいつはここには来ない、それについては、俺はあいつにとても感謝してる。本当だとも。人生にたとえ一度だけでも人間らしくふるまってくれたんだからな。運が良けりゃ俺はここを出て家に帰って、またあいつを辛抱してやって、あいつの大量の汚水に頭のてっぺんからつま先まで差し出すだろうよ。ああ、そうするさ。なぜって、あいつは俺が隠してるいちばんの欲望を満たしてくれたんだからな、一度でもここに来てほしくないっていう欲望をね。くわばら、くわばら、悪くとらないでくれよ。ちょっと眠るよ。どうやら、ビールを飲みすぎたようだ、かなり眠い……。

隣の病室から騒がしい音が聞こえる。マリア、出ていく。

7 マリア

マリア　ずっとあなたのことを考えているのよ。今日はあなたがまだ小さかった時のことを考えていたの。あなたは本当にかわいい男の子だった、もちろん今だってとっても素敵だけどね、でもあの頃は、全然、別。絵の中から出てきたようだった。私、あなたにお洋服を買ってあげたわね、あなたがすごく欲しがったのよね、いろんなお歌を歌いながら通りを歩いていたわよね。朗らかな子だったわ、いつもにこにこしていて。すれ違う人みんなに微笑みかけて、一人一人にご挨拶をしていたわね。一緒に動物園に行ったときのことを思い出したの。あなたったら、象さんの檻から離れようとしなくってね、おサルさんを見て笑ってたし、それから、蛇さんを見たときは体がすくんじゃって。それから、お馬さんに乗りたがったわね、あそこには馬がいたのよね。乗せたらすぐに、あんまり高いものだから泣き出しちゃって。どうやっても泣き止まなくってねぇ。ねえ、私、今日、分かったことがあるの、何だと思う？　私たちがね、子どものこととか、子どもがまだすごく小さかったときのこととかを考えているときってていうのはね、まず第一に、自分自身のことを考えているんだってこと。第二に考えていることも同じことだけどね。そういうふうにして、自分を若い頃に戻して少しだけ若さを取り戻しているのよ。誰にだって、素晴らしいものっていうのは過去にあるんだもの。私のいちばん素晴らしいものはね——あなたよ。ああ、私の愛しいミハエリ！　あなたがいなくてどんなに淋しいことか！　どんなにあなたに会いたいことか。なのに、あなたはあまりにも遠くにいるんだもの！　早く帰ってきて！

8　ベッドに寝ているファーナー夫人、そばにクラインシュミット夫人、オーベルハイム夫人。

オーベルハイム　こんにちは、ファーナーさん。
クラインシュミット　こんにちは、ファーナーさん。
オーベルハイム　お加減はいかがでしょう？
クラインシュミット　とっても顔色がよろしいようですわね。

オーベルハイム　あら、私、すっかり忘れていましたわ、これをどうぞ。（花を一輪差し出し、花瓶に挿す）
クラインシュミット　あら……私も……忘れていましたわ……これを……。（バッグから包みを取り出し、中からリンゴを一個取り出し台の上に置く）
オーベルハイム　（小声でクラインシュミット夫人に）食べる暇がなかったの？
クラインシュミット　私、あなたじゃなくってファーナーさんとお話しに来ているのよ。ご自身の人生のあれこれを決めなきゃならないのよ、生きているうちにね。
オーベルハイム　人生のあれこれ？　あなた、葬儀屋からいらしたんじゃないの？（ブドウを取り出す）
クラインシュミット　いかにも、葬儀屋からですよ、こそ泥の事務所からではありませんわ！ファーナーさん、飴もどうぞ。
オーベルハイム　（すもも、オレンジなどを取り出しながら）親愛なるファーナーさん、うちのスタッフ全員がくれぐれもよろしくお伝えくださいとのことですわ、あなたが一日も早くお元気になられることを願っております。少しばかりですが、ビタミンをおとりになって。
クラインシュミット　（小声で）いやらしい！（ファーナー夫人に）我が社からささやかな贈り物でございます……。（バッグからメモ帳とペンを取り出す）
オーベルハイム　遠慮なさればいいものを。どちらにも《クラインシュミット葬儀社》って書いてあるじゃないの。ミニチュアのお棺は持ってこなかったの？

クラインシュミット　ご入用かしら？

オーベルハイム　入用になったら連絡しますわ。親愛なる奥様、私どもの基金はですね……。

クラインシュミット　泥棒の集まりでございます！

オーベルハイム　あなたはまたなんだってそんなことを?!　つまるところですね。誰にでも終わりがあるのでございますよ！　私がやっておりますのは慈善事業でございます！

クラインシュミット　あなたの慈善事業とやらをよく存じ上げておりましてよ！

オーベルハイム　私は孤児の支援をやっております！

クラインシュミット　孤児？

オーベルハイム　想像なさってください！　孤児です、親を失くした子どもたちです。あなたに孤独な子どもたちの苦しみがお分かりになるかしら。

クラインシュミット　どんな子どもたち？

オーベルハイム　戦争孤児です！

クラインシュミット　どの戦争？

オーベルハイム　第二次世界大戦です！

クラインシュミット　第二次世界大戦？

オーベルハイム　あなたはもちろん、こういうことをお聞きになったことがないのでしょうね。

クラインシュミット　第一次世界大戦かと思ったわ。
オーベルハイム　なんという冒瀆！　誠実な気持ちというものがなにひとつないのね！
クラインシュミット　それはあれかしら、私に誠実な気持ちがなにひとつないという意味?!
オーベルハイム　あなたの関心は、人の死をだしにして少しでも多く儲けようってことだけだものね。
クラインシュミット　あなたに金儲けだなんて言われる筋合いはないわ！　あなたこそ、この方が早く死にますようにって、はっきりと願っているんじゃないの。書類にサインをさせたら。「はい、さようなら」でしょう。
オーベルハイム　忌々《いまいま》しい口だこと！
クラインシュミット　私のことかしら?!　ええ、あんたのが伝染《うつ》ったんでしょうね！
オーベルハイム　卑劣な女！
クラインシュミット　あんた、正体見せやがったね、忌々しいバカ女め！
オーベルハイム　なんだと！
クラインシュミット　図星だろ！　もしあんたの番が来たって、うちの社には来ないでおくれ！
オーベルハイム　あんたのところにだって?!　そりゃあ、望むところだよ！
ファーナー夫人　大きな声を出さないでちょうだい！　頭が割れそうだわ！
オーベルハイム　看護師を呼んでまいりますわ。

ファーナー夫人　もっと小さな声で話してちょうだい。
クラインシュミット　ファーナーさんはナースコールをお持ちなのよ、必要なら、ご自分で看護師を呼べるんです、あなたがお節介をやかなくてもね。
ファーナー夫人　お願いだから！

（間）

ファーナー夫人　素晴らしいわ！
クラインシュミット　何がですか？
オーベルハイム　ファーナーさん？
ファーナー夫人　あなた方が黙っていると素晴らしいわ。あなた方は私に何をお望みなの？　何のためにいつもいらっしゃるのかしら？　私、あなた方にはほとほと疲れたわ。
クラインシュミット　あなた様ご自身が私に来るようにと仰ったんですのよ。まだすべてお話がついておりませんから。私、すぐにご説明いたします……。
ファーナー夫人　何をかしら？
クラインシュミット　諸々のお品物のことと、内側に貼る布のことでございます。お色はやはり非常に大切でございますよ。それから、言うまでもなく、ご記憶でいらっしゃいますでしょうか、先日、私が申し上げましたでしょう。今の新しいトレンド、でございます、モードと仰る方もおられますけどね、私はこれに関しては案がございますのよ……。

ファーナー夫人　ああ!

クラインシュミット　エアーコンディショナーのことでございますよ。

ファーナー夫人　え、あ?

クラインシュミット　前回ご説明を始めたものの、奥様は、どこぞの基金から来たご婦人とお話したせいで、ひどくお疲れになっていらして。それはさておき。まったく驚くべき品でございますの。実際、著名な方々は皆さま、この新商品をご注文なさっています。お棺の中にこのエアーコンディショナーを取りつけますとね、中の温度を一定に保つことができるのです、いわば、ご自宅にいらっしゃるようなものですわ、それでお体を保存することができるのでございますよ、最低でも三年間。お分かりになりますでしょう?　体が腐敗しないのです、何も変わらないのです、温度管理のおかげでございます。

ファーナー夫人　何のために?

クラインシュミット　おっしゃりたいことはよく分かります。科学は日進月歩で進歩しているのですもの、三、四年もすれば、新たな技術が登場し、生き返ることも可能になるかもしれません。

ファーナー夫人　嫌だわ。

クラインシュミット　ええ。しかしですよ、中国シルクと金メッキと大理石の件が残っておりますでしょう？　さらに私どもはすべて発注させていただきましたよ。大理石のことでございますよ。〈ヴェルディ・ニコラウス〉という商品でございまして、イタリアから取り寄せております。それでお墓の四方を飾りつけます。最高のものになりますわ、うちの職人は、世界でも屈指の腕前でございますから、ファーナー様もこれにはご納得いただけます。保証は百パーセント、まったく欠けるところはございません……はい……。お色は豪華ですわ、青緑でございます。御覧ください、こちらが見本でございます。こんな石の下敷きになってみたいものですわ……。素晴らしい仕上がりでございます。あなた様の目……お召し物とお棺の金メッキに素晴らしくお似合いでございますよ。

ファーナー夫人　出てってちょうだい。

クラインシュミット　さあ、どうぞ、こちらでございます。（紙のリストを差し出す）私がお手伝いさせていただきます。私がお力になります。失礼いたします、ファーナーさん、本当に……淋しくなりますわ……あなたは最高の方でございますわ……私どものお客様のなかでも……私の心からの誠意をお受け取りくださいませ……はい……。（出ていく）

オーベルハイム　なんて恥知らずな女なのかしら！　なんて教養のない！　理解力も、心もまったくない！　奥様、ファーナーさん、昨日私どもは基金の全員で教会へ参りましたの、神様にお願いいたしました、神があなたにもう少し命をお与えくださいますようにと。ヒルトルートはなかなかその場を離れようとしませんでした。ハネローレは、ある専門家のところにおりましたの、その方は（上を指しながら）つながることができるのだそうです……お分かりになりますかしら。その方があちらから連れてきたのは一人ではないそうですわ。彼はやれることはすべてやってくれると約束してくれました。ハネローレが、彼は信頼できると言っております。

ファーナー夫人　出てってちょうだい。

オーベルハイム　（リストを差し出しながら）もう参りませんわ、考えてくださらなくてけっこうです……。ファーナーさん！（リストを差し出しながら）うちの孤児たちは二度も親を失うことになるのですわ、こちらでございます……ええ……。私どもは当基金にあなたのお名前をつけましたの。手続きの書類もすでに作成いたしました、あとはサインしていただくだけ……。ええ、こちらでございます……。すばらしいでしょう、ファーナー夫人ファンド！

ファーナー夫人　出てってちょうだい。

オーベルハイム　これはうちの職員が考えたのですよ……素晴らしい命名でしょう、素晴らしい驚きの一致ですわ――「フ」が三つ！　ファーナー夫人ファンド！　ともかく、どうぞお元気で、ごきげんよう。（出ていく）

9　ファーナー夫人、つづいてマリア

ファーナー夫人　いったい、あの女たちは何者なのかしら⁈　なんのために私のところへ来るのかしら⁈　私に何を求めているのかしら⁈　まったく理解できないわ！　リータ、おまえ、あの人たちを知っているかい？　知らないのかい？　じゃあ、どうして家に入れたんだい⁈　いいえ、そんなことをしちゃいけませんよ！　おまえも聞いてただろ、あの連中が私に何の話をしていたか？　あの連中は、うちの夫のお金を盗もうとしているんだよ。私は言ってやったよ、消えておくれって！　あんな連中になんか何もやりゃしないよ！　びた一文手に入れさせるもんか。あんな連中、信用しちゃいないんだからね！　ひと言もね！　リータ、私はずいぶんと歳をとってしまったのかしらね？　なんで黙ってるんだい？　ずいぶんとねえ、自分でもわかってるよ、ずいぶんとだねえ。どうやら老い先短いようだね。時々思うんだよ……。おまえ、自分の話をやめておくれよ。時々思うんだよ、本当に老い先短いんだってね。あとどれだけ残っているんだか知ることができたらねぇ。私はね、絶対に遺言書を作っておくつもりだよ。くだらないことを言うのはおやめ。おまえには何もあげないよ。遺言ではおまえはなにひとつもらえないって覚えておくんだよ。おまえになんかやる必要ないだろ？　もちろん必要ないさ。おまえはお金持ちなんだし、掃除は趣味でやってるんだからね。こっちへおいでよ。リータ。私のところへ来てちょうだい。

マリアが入ってくる。

ファーナー夫人　ねえ、なんだっておまえはそんなところに突っ立ってるんだい？　こっちへおいでよ。

マリアがファーナー夫人に近づく。

ファーナー夫人　いらないのかい？　もらえるに決まってるだろ……。ほら、まずはこれだよ……。（空っぽの手を差し出す）このブレスレットはね、ディーターが三十歳の誕生日に贈ってくれたものだよ。ああ、彼は私のために盛大なお祝いをしてくれた！　私たち、一週間パリへ行ってね、豪華なホテルに泊まったわ……。朝食も昼食も夕食もすべてルームサービス。あの時、私、人生で初めてキャビアを食べたんだよ。リータ、おまえはキャビアを食べたことあるかい？

マリア　ございません。

ファーナー夫人　ないのかい？　じゃあ、イクラは？

マリア　ございません。

ファーナー夫人　どんなものなのかは知っているのかい？　ちょっと、電話を持ってきておくれよ、こっちにおくれ。

マリアは受話器を差し出す、ファーナー夫人は番号も回さずに話し始める。

ファーナー夫人　ゾマー老人を呼んでいただけるかしら。ファーナー夫人から電話だと言ってちょうだい。どうもありがとう。今、彼につないでくれてるわ。こんにちは、ヴァルター。ありがとう、あまりよくないわ、かもしれないわね、どちらかといえばひどいわ。だって食べたいものがないのよ。キャビアよ、キャビア。百グラムね。ロシア産かイラン産か？　リータ、どっちがいい？

マリア　どう違うのでしょう？

ファーナー夫人　ヴァルター、お願い、あなたが選んでちょうだい。どちらがいいかなんてどうして私に分かるのよ。ということは、イランのにしろってことね、イクラもお願いね。分からないわ、あなたのほうがよく知っているでしょう、私はあなたに全幅の信頼を寄せているんですからね。そうよ、イクラよ。百グラム。それから他に何か……。ウナギの燻製ね。リータ、ウナギは食べたことある？

マリア　子どもの頃に。

ファーナー夫人　おまえ、いくつだっけ、リータ。ええ、ウナギもね。もちろん、一匹丸ごとよ、ヴァルター、あなたは私の救世主だわ。（受話器をマリアに差し出す）ヴァルターはどんなお祝いごとの時もいつも我が家を助けてくれたんだよ。小一時間もしたら二人で小さな宴を開こうよ。おまえ、シャンパンは好きかい？

マリア　いいえ。

ファーナー夫人　本当かい？

マリア　好きじゃありません。

ファーナー夫人　私も全然好きじゃないわ。イクラにシャンパンは要らないね。おまえ、あの手箱が見えるかい？　ほら、テーブルの上に置いてあるやつだよ。もし、私が死んだら……。何も言わないでおくれ、黙って。もし私が死ぬか病院に入ったら、もしくは、私に何ごとか起きたら、おまえはこの手箱を持っておいき。中に現金で一万入ってるわ。このことは誰も知らないよ、私とおまえだけ。だから、税金を払うこともないよ。だから、遺言にはおまえのことは書かないよ。私の大切なお手伝いさん、分かったかい？

マリア　奥様！

ファーナー夫人　もし私が下痢になっても、あの小箱を持っていくんだよ。

マリア　分かりました、奥様。

ファーナー夫人　便秘でも同じだよ。

マリア　便秘でも同じなんですか?!
ファーナー夫人　私に何ごとか起きたり、どんな理由だろうと私が病院に運ばれたらすぐにね。
マリア　奥様！

10　マリア

マリア　私の大切なミハエリ！　今日、私はこれまでにないほどあなたを待っていたのよ！　とてもひどい気分で、あなたが来てくれて、私の暗い思いを吹き払ってくれることを期待していたのよ。ドクターたちは私のほうをチラチラ見ながら、同情したように笑ってた。絶対そうだと確信しているわけではないけどね。そのことは言わないでおきましょう。私もう周りの人たちに言っちゃったのよ、あなたが来てくれるって。でも、無理だったのね。だけど、なんてことないわ、私、ちゃんとわかっているんだもの、たとえ一日だけだとしても、家族や仕事を放りだすのはそうそう容易なことじゃないって。ましてや、何百キロも離れているんだもの。絶対にそんなことしないでちょうだいね。電話をくれるだけでいいの、もっとまめに電話してちょうだい。携帯電話は持っていないのよ、でも明日、病院の電話を自分の部屋に置いとくわ、そうしたらあなたに番号を教えるから、電話できるでしょう。サビーナもよ。あたしの小さな孫娘のラウラも。だって、あの娘はまだ本当に小さいんだもの。もう話し始めたかしら？　女の子っていうのはたいてい早く話し始めるものよ。昔はそうだったわ。何もかも変わっていくわね、何もかも変わっていく……。考え方も人間も。私だけが、相も変わらず。周りでは夏が来て、秋になって、冬が来て、動物たちが死に絶えて、気候も変わっていくのに、私はずっと同じ場所にいる。地面に埋められたみたいにじっと突っ立ったままなの。私の頭の中はすべて、あなたのことばかり、私の気持ちはすべてあなたにつながっている。私の大切な愛しい息子よ！

11　ミリアムとアレクサンドル

アレクサンドルは床にシーツを敷いて寝ている、ミリアムは椅子に座っている。

アレクサンドル　名前なんていうの？
ミリアム　ほっといてよ。
アレクサンドル　俺はただ君の名前を聞いているだけだよ。俺はアレクサンドル。
ミリアム　おめでとう。
アレクサンドル　いったいなんでなんだよ？　名前を言うのがそんなに大変なことか？　いい天気だなぁ。隣においでよ。クリームを塗ってあげようか？　あんまり長いこと陽を浴びるとよくないって言うだろ。どうしてかって？　あれはかなり刺激が強いんだよ、太陽ってのはさ。君は、ずいぶんと日光浴が好きみたいだな。

ミリアム　私は一人でいるのが好きなの。

アレクサンドル　そんなとこじゃなくてさ。ここで一緒にいなきゃ。両手を重ねて、両足も、なにもかも、重ねられるところは全部重ねてさ。君は俺に何を差し出してくれる？

ミリアム　ベッドね。

アレクサンドル　じらさないでくれよ、俺は片手だけでもかまわないよ。もちろん、最高とは言えないけど、どこかから始めなきゃいけないんだからな。俺のほうは、君に差し出すものは準備できてるよ。ほら、俺の小指の先をあげよう。つまり、俺は――アレクサンドルだ。覚えたかい？　で、君はここで何をしているんだい？　集中治療室でってことだよ。

ミリアム　見学よ。

アレクサンドル　長いの？

ミリアム　三日目よ。

アレクサンドル　引率の連中はなんて言ってる？

ミリアム　他に何を見せたらいいのか考えこんでるわ。

アレクサンドル　俺はな、一般病棟にいたときに、ずっと鎮痛剤をくれって言ってたんだよ。効かないふりをしてたんだ。痛い痛いって騒いでな。分かるかい？　ヤクをもっとたくさんもらうためにさ。あそこにの看護師たちはすごく良くてさ、いつもうまくいってたよ。すばらしいジョークを教えてあげるよ。どんなエクスタシーよりもいいんだ。そもそも、葉っぱなんかとは比べようがない。俺はここで二泊目だよ、明日は、痛みで呻き始めると思うぜ。ほとんどくれないもんだからさ。

ミリアム　ちょっと、ヤクを始める気なの。

アレクサンドル　俺か、とうにやってるよ。ものすごくいい気分だ。けど、足りないんだよ。俺たちは集中治療室にいるんだろ、だったら、量を増やしてもらわなきゃな、体に悪いし、危険だよ。

ミリアム　あなた、どこが悪いの？

アレクサンドル　薬が足りないんだよ。

ミリアム　どうしてここにいるの？

アレクサンドル　そんなこと知るかよ……。こんな話じゃなくってさ！　君の名前はなんていうの？　頑固な子だなぁ。俺を起こしてくれよ……。（立ち上がり、彼女のベッドに近づいていき、名札を読む）ミリアムか。別に口にするのがたいへんってわけじゃないじゃないか。ミリアム。素敵な名前だよ。ミリアム。ミ・リ・ア・ム！　とてもきれいだ。ミ・リ……。

ミリアム　もういいわよ。

アレクサンドル　ア・ム……アム・アム・ミリアム。

ミリアム　うんざり。
アレクサンドル　俺は君に正直に、率直に言うがな――俺は、このバカどもをからかってやってるんだ。不必要な薬物を獲得するためのたゆまぬ闘争においてだな、どうもやりすぎちまったみたいなんだ。奴ら、俺が本当に心臓発作を起こしたと思っちまったんだ。
ミリアム　じゃあ、あなたは心臓が悪くてここにいるのね？
アレクサンドル　俺は、心臓が悪い、君は、違う、君の心臓はまともだ、無情だ、ミリアム。行こう、お日様の下で寝ようぜ。
ミリアム　外は夜よ。
アレクサンドル　俺はずっとなんの話をしてる？　薬が足りないって言ってるだろ。君には夜でも、俺にはお日様なんだよ、見事な天気だ、鳥たちもさえずってるし。錠剤をくれよ？
ミリアム　だから心臓が悪くなったんでしょう？
アレクサンドル　孤独を忘れさせてくれるんだよ。ミリアム、ミリって呼んでもいいかな？　結婚してるのかい？
ミリアム　いいえ。
アレクサンドル　素晴らしい。じゃあ、ミリ、彼氏はいるの？
ミリアム　いるわ。
アレクサンドル　ああ。なぜそんなに哀しそうにしてるの？　もう何も言わないよ。だけど、まあ、俺としては、いないっていう答えを期待してたもんだから。ちなみに、俺にも彼女がいるんだよ。でもだからなんなんだ？　そんなことどうだっていいよな。それに俺はいつだってジイさんのところへ行けるわけだしな。

ミリアム　ジイさん？

アレクサンドル　俺のジイさんだよ。二十年くらい前に死んだんだ、大好きだった、ものすごく淋しいよ。

ミリアム　あなた、バカを言わないでもいられるの？

アレクサンドル　いられないよ。君とだけだ。奴らは俺の血管を取り換えようとしてるんだよ。そんなの嫌だよ。奴らは、俺の血管を心臓センターの医者たちに取り換えさせたかったんだ。連中にも異存はなかったが、あっちには空きがなかったんだよ、それでここに入れることにしたわけさ、連中のとこに空きができるまで待てってことだな。それで俺は薬のことであれこれ策を講じたわけだ、それはもう話しただろ、そしたら、「こっちの連中」はバカにしやがって、心臓センターが空くのを待たずに、経験もないくせに、ここでその難しい手術をやるつもりなんだよ。もしかしたら明日かもしれないんだ、ってことはもう今日だよ。共謀だよ。分かるかい？　共謀だ。陰謀といってもいい。「こっちの連中」はとっくに気づいてたんだよ、俺がいんちきしてるってな、それで、俺の健康な心臓をアラブの大富豪に百五十万ポンドで売るつもりなんだ、俺はこの耳で聞いたんだ。心臓センターの連中のなかにロシア人が一人いるんだよ、そいつも勘定し切れないほどの金を持ってる。「こっちの連中」と心臓センターの連中はさ、オークションをやることにしたんだ。当ててみようぜ、誰がせり落とすかさ。どう思う？　俺はアラブの王様に賭けるぜ。キスしてもいいかな？

ミリアム　彼女のことも少しは考えたら？

アレクサンドル　だから聞いたんじゃないか。

ミリアム　だから、だめってことよ。

アレクサンドル　じゃあ、キスしてる間は彼女のことだけを考えることにするから。ほっぺでもいいから。頼むよ。うっ！

ミリアム　どうしたの？

アレクサンドル　心臓が……、うっ！　ペンある？　早く。遺言を書きたいんだ。俺が死んだのはミリアムのせいです……さようなら。

アレクサンドルはミリアムに片手を伸ばす、ミリアムはそれに応じる、彼は彼女の手にすがりつき、ミリアムは手をひっこめない。

（間）

アレクサンドル　なんて素晴らしいんだ。
ミリアム　私は自分の病気が大嫌い、病院も、医者も、看護師も、ここのベッドも、戸棚も、テレビも大嫌い、同じ病室の人も、同じ階の人も大嫌い、この病院の患者みんな大嫌い、救急隊員も大嫌い、この集中治療室も、ここに関わるものが全部大嫌い！
アレクサンドル　俺も？
ミリアム　彼氏も、女友達も、友人たちも大嫌い、両親も大嫌い！　私への同情も大嫌い！　でも自分のことがいちばん大嫌い！　自分の身体が大嫌い！　私にはもう力がないの！　消えてしまいたい、私をもう二度と誰も見ることがないようにしたい！

アレクサンドルは用心深くミリアムを抱きしめる。

アレクサンドル　こっちにおいで。
ミリアム　ひどく気分が悪いわ。
アレクサンドル　分かってる。
ミリアム　どこもかしこも痛いのよ。
アレクサンドル　なんだって？
ミリアム　あの人たち、昨日、私の胆のうを切除したのよ、やっとのことでうまくいったの……。

アレクサンドル　ミリ……。
ミリアム　半年前には胃の手術をしたの……。
アレクサンドル　君はとてもきれいだ……。
ミリアム　ほんとにもう。
アレクサンドル　俺は君を見たときに、知り合いになるまではどうやってもここから出ていくわけにはいかないと思ったんだ。
ミリアム　まったく次から次へと。
アレクサンドル　君の瞳は……。
ミリアム　あなた、私の言ってることが分からないのね。
アレクサンドル　分かってるよ。
ミリアム　分からなくてもいいけど……。
アレクサンドル　君は何もかもうまくいく、どうか俺を信じてくれ。君はこれからもうしばらくは病院に来ることもないだろう、この病院にも、他の病院にも。俺を見てくれ。考えてもごらん、胆のうだよ。多くの連中には脳味噌がないんだぜ、でもなんてことない、生きてるじゃないか。
ミリアム　脳味噌がないほうが楽だわ。
アレクサンドル　こっちへ来いよ、俺たちの小さな浜辺にさ。太陽の下で体を焼いて温まろうよ、生きていることを喜んで、カモメを見ようよ。でも俺はそもそもカモメが好きじゃないけどな。忌々《いまいま》しい鳥だぜ、ぎゃあぎゃあ喚きやがって。けど、君がもし好きだっていうんなら……。おいで、怖がらなくていい、体を押し付けたりなんかしないから。俺にはそんな力はないよ。ミリ、ミリ、見てごらん、イルカだ、イルカがいるよ！

ミリアムは床に敷いてあるシーツの上に横になる。

12　マリアが入ってくる

マリア　いちばん恐ろしいのは、若い人たちが病気になったときだわ。恥ずかしいけど、彼らのことを見ながらね、私、エゴイスティックにあなたのことを考えているのよ。あなたにさえ何も起きなければ、あなたさえ元気ならって。鼻風邪くらいなら、いつでもどうぞだわ、なんにもたいしたことじゃないもの。私が生きているうちは、あなたはずっと私の小さな息子よ。だって仕方ないわ、子どもっていうのは、親が生きてるうちは、子どものままなんですからね。

第二幕

13　スイレマン

目を閉じて話している。

スレイマン　いい……。すごくいい……。素晴らしい。ねえ、ものすごくいい、息が止まりそうなほどだ。いや、それは正確じゃないな、申し訳ない！　息はあなたの手中にあるんだった！　すごくいい。俺は本当に、今までにないくらい気分がいい！　もっとかもしれない。俺はあなたにすごく感謝している！　俺は皆に感謝してる！　信用できない奴らにもだ。奴らがいなけりゃ、俺はここにいなかったわけだからな！　ありがとうございます！　奴らから土地も巻き上げられたしな！　願わくば、奴らがその不正ゆえに炎に焼かれ、果て無き責め苦に遭いますように！　奴らはもっと大きな罰にも値するさ。もし俺がやっていいっていうんなら、もっとひどい罰を与えるんだがな。もっときついやつをね。もっと激しいやつを。破片を使うんだ。細かいのをたくさんな。記憶に残るようにな。他の奴らにも教訓になるさ。すべてはあなたのためだ、すべては。ありがとうございます！　俺はな、アフガン兵士ムジャヒディーンだ！　俺はあなたの忠実なムジャヒディーンだ！　つまりだ、俺は奴らにとってかつてはムジャヒディーンだったたってことだ。だが、今の俺は殉教者《シャヒード》だ！　あなたの忠実なシャヒードだ。そうでしょう？　ありがとうございます！　俺はすごく気分がいい！　何度も同じことを言うのはやめよう――俺は気分がいい。だから俺はあなたにとても感謝している。あなたに何もかも感謝している！　それ以上かもしれない、かなりだ！　ありがとうございます！　俺は、死に向かうときもこう言ったんだよ――ありがとうございますって。いよいよダメになる前に、大きな声で「ありがとうございます」と言ったんだ。奴らは思っただろうな、俺が……俺があなたに感謝しているって。何もかもに。まずは自分自身のことだ。なぜなら、立派なイスラム教徒の立派な死以上のものなんてあるか？　死あるのみだ。立派なイスラム教徒の立派な死だ。なぜなら、俺の人生は立派じゃなかったからだ。いや、今のことじゃないよ、以前のだ、かつてのことだ。いや、俺が乞食同然だったからじゃなく、あなたのためになんでもやる覚悟がなかったからだ。それ以上かもしれない、かなりだ。だって俺には何も必要ないんだからな。愛だけだ。あなたへの俺の愛だ。奴らは、俺の母親を助けてくれると約束してくれた。奴らは言ったよ、彼女は立派に生きていける、とても立派にとな。それはそうだろう。なぜなら、彼女は俺を生んでくれたんだから。それだけじゃない、もちろん。でも、俺の兄弟たちはこんなじゃない。彼らは善人だ。俺は彼らをとても愛していた、でも、彼らにはあなたのための覚悟がなかった……もしかしたら、あったのかもしれないが。でも、俺がいちばんになるはずだった、いちばんになりたかったんだ。あなたのために！　なぜなら、俺は、あの頃からすごく……あなたに近づきたかった、とても近づきたかった。「奴ら」は、俺がうまくやれるよう力を貸してくれた。妻を助けてくれると約束してくれた、あっちで俺がいなくても大丈夫なように。子どもたちにもな。俺には子どもが五人いるんだ。あなたは知っているはずだ、もちろん、あなたは何もかも知っている。「奴ら」は子どもたちにも力を貸してくれると約束してくれたよ。兄弟の一人が俺の妻を引き取って、絶対に見捨てたりしない、そう誓ってくれた。「奴ら」が弟に手を貸してくれる。弟が力を貸せるように。俺のことだって何もかもうまくいくだろう、俺は彼らのお手本になるだろう。皆のお手本だ——妻にも、子どもたちにも、兄弟、姉妹、母にとってもだ。そして、彼らは幸せに暮らすことだろう。俺がいたときとは違ってな。なぜなら、俺には金がなかったからだ、あの呪わしいモノを全然持っていなかった——許してくれ、許しておくれ、俺を許してくれ！　全然、金がなかった。飯を食わせることもできなかった。一人もだ。妻も、子どもたちも、母も。だが、友人たちがやってきた。友人たちが助けてくれたんだ。子どもたちがもう少しマシな生活ができるようにと金をくれた。妻にも。母にも。俺にもだ。俺はすっかり気分がよくなったよ。なぜなら、突然分かったからだ、あなたの他にはこの世には何も存在しないんだということが。すべてはあなたのためだと。俺はあなたのために生きていたんだ。ありがとうございます。不信心な者たちは、金の音にびくりとするが、俺の耳は、俺の聴覚は、丸ごとあなたの方に向いている！　欲求のすべて、俺の思考のすべてが、あなただけに向いている！　不信心者は少なくなったよ。どのくらいかは知らない、全然知らないが。できるだけ多くなるようにと、俺は人の集まるところへ行ってみた。そして叫んだ、「ありがとうございます！」と。するとすごい爆発音がした……。耳がわんわんした。その後に鳥のさえずりが聞こえた。とても気分が良かった。すぐに分かった、あなたは俺を見捨てなかったと。とてもいい気分で、あたたかな気持ちだった。それからこう思ったんだ、もっと強力な爆弾を作るべきだったと、そうすりゃ不信心者たちをもっと多く……できたのに……小さかった。だが、ともかく気分が良かった。ありがとうございます！　救いたかった、不信心者たちから、すべての不信心者たちから大地を救いたかったんだ。俺の妻を引き取った弟は、俺の子どもたちを申し分なく育てると言ってくれた。だから、俺はあの子らにいつの日かここで会えるだろう。そうして俺たちは皆で一緒に、あなたに感謝するだろう。そうして祈るだろう、あなたに祈りを捧げるだろう。なぜなら、俺はここでとても気分がいいからだ。いいなんてもんじゃない、それ以上だ、かなりそれ以上だ。俺は分かってる、もっと良くなることも。分かってる。そうして、俺のところに七十二人の乙女がやってくる……。彼女らが近づいてくるのが聞こえるんだ……。歩いてきている、彼女らの足音が聞こえる！

マリアが入ってくる。

スレイマン　ほら！　俺のところへおいで！　みんなおいで！　みんな俺のところへ！　みんなこっちへ！　怖がらなくていい！　俺はここだ！　俺を抱きしめてくれ！　抱きしめてくれ！　俺はどこにも行かないから！

マリアがスレイマンに近づき、スレイマンがマリアを抱きしめる。

スレイマン　すごくいい気分だ。とてもいい気分だ。それ以上かもしれん。君のそばにいるのはなんて穏やかなんだ。君ひとりか？
マリア　いいえ、あたしは大勢いるわ。
スレイマン　分かってる、七十二人だろ。そりゃいい、すごくどきどきするな！　いーや、俺はどこにも行かないよ。
マリア　もちろんよ、あなたは監視されているわ。
スレイマン　ああ、俺は今、至高の神のまなざしのもとにある……。
マリア　あら、調子がいいのね。それにしても、あなたはなぜ目を閉じているの？
スレイマン　自分でも分からない。俺が信心深い人間だからだろう、すごく信心深いんだ。だから目を開けて見るべきじゃない……。
マリア　ゆっくりと目を開けてごらんなさい。
スレイマン　いいのかい？　そもそも俺は、いまや殉教者シャヒードなんだ。名誉の死を遂げたのさ。名誉の死だ。
スレイマン　本当か？
マリア　何を言っているのか分からないわ、その言葉の意味も分からないし、ゆっくりと目を開けられるでしょう。

スレイマンは目を開け、頭を上げ、マリアを見ると叫び声を上げて飛びのく。

スレイマン　誰だ、君は?!
マリア　マリアよ。
スレイマン　他の娘たちはどこだ？
マリア　誰のこと？
スレイマン　七十一人の乙女たちだ。
マリア　何のこと？
スレイマン　なんだって彼は君を寄こしたんだ?!　俺は何もそんなこと言ってないぞ！　そんな

ことしてないぞ！

マリア　落ち着いて、興奮しないほうがいいわ、あなた、お腹に大きな穴が開いているんだから。

スレイマン　君は乙女か?!

マリア　そんなことないまさら何の意味があるのよ。

スレイマン　あるよ！　乙女なのか?!

マリア　乙女であってほしいの？　そうよ、じゃあ乙女です。息子が一人いるけど。

スレイマン　息子?!

マリア　何の意味もないでしょう。

スレイマン　俺はそんなことは何もしてないぞ……。君は乙女じゃないし……ひとりしか。俺はどこにいるんだ?

マリア　病院のようね。

スレイマン　どこの病院だ?!

マリア　聖ヨシフ病院よ。

スレイマン　ヨシフ?!　どこのヨシフだ?!

マリア　騒がないで、警官が起きちゃうじゃないの。

スレイマン　警官?!

マリア　そこのドアの前に座ってるのよ。寝入ってるの、かわいそうに。

スレイマン　警官、病院、息子、ヨシフ！……ここは天国じゃないのか?!
マリア　休みなさい、ベッドに横になって、落ち着いて、何か楽しいことを考えて。幸せなこと、いいことをね……。
スレイマン　ヨシフ！……待ってくれ、行かないでくれ、待ってくれ！　ひとりになりたくないんだ！　居てくれよ！

マリア、出ていく。

14　マリア

マリア　私の愛しいミハエリ！　私ね、今日、突然に分かったのよ、私はずっとバカだったたって、地上に掃いて捨てるほどある、どこにでもいるようなバカだったたって。歳をとってきて、ほんのちょっとだけ利口になったわ。でもね、そのことはまた後で話すわね。もしかしたら、今日じゃないかもしれないけど。今日ね、夫のことを思い出したのよ。自分でもなぜだか分からないけど。屁の役にも立たない男だった。まだ生きてるのかしら？　あんな生活してちゃ、たぶん、生きちゃいないでしょうね。でもね、若い時分には……彼、すごく陽気な人だったのよ。そこに私は惹かれたの。ねぇ、私たちがどうやって出会ったのか知ってる？　バスの中だったわ。ぎゅうぎゅうだったの、ラッシュでね。私を見たとたんに名前を聞いてきたのよ、私は黙ったまま。また聞いてくる。私は何も言わずにそっぽを向く。そんなこんなが何回か続いたの、そしたら突然、胸いっぱいに空気を吸い込んで、それから歌うようにこう言ったの、「答えておくれよ、愛しい人よ、ああ、君の名は？　君のその瞳の輝きは、陽の光を曇らせる！　君の歯は星のごとき！　君の唇は、宇宙だ」。みんな、呆然として私の方を見ているの。私は相変わらず黙ってたわ。そうしたら、彼、そばに立っていた人たちにお願いして、ちょっと空けてもらってね、大きな声をあげながらひざまづいたのよ。「どうして君は僕にそんなに残酷なんだい?!　僕が何をしたというんだい?!」って。みんな笑ってたわ。ちょうどそのとき、バスが急ブレーキをかけたの、場所を空けてくれた人たちが彼の上にどっと倒れちゃったのよ。そしたら下敷きになったまま、彼がつぶれた声でね、「僕は死にそうだ、君の名も知らぬまま！　けれどせめて君は僕の名を知っておいておくれ、僕の名はギュンター、ギュンターだ！」。バスの中は大爆笑。私も笑ったわ。で、知りあったってわけ。彼は腕が片方なくってね、戦争で凍傷になっちゃったのよ。意味もなくそんなことしたんじゃないって言ってた、どうやっても戦場から逃げ出したかったって、恐怖の極みを見ないうちにね……。「腕が片方なくなるなんて、頭がなくなるよりましだろ」って。酒さえ飲まなけりゃ、申し分のない男だったんだけどね。

15　ヨハンナ

ヨハンナ　あのですね、彼らは少しばかり落ち着きがなくって、二年生なんですけれど、どうにもしようがなくって。でもとてもいい子たちなんですよ、注意深くて、ユーモアがあって。だからその、あなたは……。ええ。お分かりになりますかしら、私はあなたのお話がとても気にいりましたの。中断できないほどでした。本当です、こんなお話はずいぶんと読んだことがありませんでした。私は、やはり、児童文学を読まなければいけませんから、ですから、少しは分かっております。私、あなたの本を、世界文学の最高峰のものと比べることもできますわ。アンデルセンとか、グリム兄弟とか、ホフマンとか。実に素晴らしいです！　こちらへいらしてください、さあ、さあ、こちらへ。こんにちは、皆さん、こんにちは。今日はいつもと違った授業ですよ。通常の理解を超えた授業と言ってもいいかもしれませんね。あなたたちがとても戸惑っていることは分かっていますよ。特に、マーク、静かになさい、マーク。今日は、私たちのところに作家の先生がいらしています、出版されたばかりのお話を読んでくださる予定です……。出版されていない？　出版予定のお話です。物語の題名は……ありがとうございます、覚えていますわ。題名は、『蝶のカーニバル』です。お掛けになってください、どうぞお楽に。

（間）

ヨハンナは作家に「耳を傾けている」が、生徒たちは注意を払っていない。

ヨハンナ　ポール、ちゃんと座りなさい。クリスティーナ、何をしているの？　おしゃべりをやめなさい。マーク、ゆらゆらするのをやめられないの？　倒れるわよ。だから言ったでしょ。静かにしなさい。ポール、寝てるの？　だったら机につっぷさないで。フラウケ、しっ、議論は後でよ。（間。微笑む）素晴らしいわ！　そんな大声で笑わないの。アンドレアス、やめなさい。私だっておかしいのよ。さあ、アンドレアスが落ち着くまで待ちましょう。マーク！　マーク、あなたに言っているのよ。

（間）

ヨハンナ　私が彼らのことをどれほど愛していたことか！　初めて彼らに会ったのは私が六歳の時だったわ。両親と一緒にレングリーズに休暇に行った、パパの遠縁がいたの。その人たちが招待してくれたのよ。ある時、私たちがテラスに座っていたら、その親戚の家へお友達が訪ねてきた……。

バイエルン地方の民族衣装を着た複数の男女が入ってくる。

ヨハンナ　あそこでなにがあったのか覚えていないのよ……確か、彼らがまず腰を下ろして、ビールを飲んで……もしかしたら、飲まなかったかも、全然覚えていないの……。でもそれはたいしたことじゃないわ、彼らはビールを飲みに来たわけじゃないんだから。ともかく、彼らがやってきて、始まった……。

バイエルン地方の音楽が響く。男女が踊り始める。

ヨハンナ　そうだわ、ダンスよ！　ママ、パパ！　ママ、パパ！　私も踊りたい！　私も一緒に踊りたい！

ヨハンナは飛び上がり、踊っている人たちの真似をしながら踊り出す。
ダンスが終わる。

ヨハンナ　素晴らしい、最高だわ！　ママ、パパ！

男たちが音調の変化に富んだバイエルンの民謡を歌いだす。
ヨハンナは気を失いかけている、唇は歌に合わせているが、歌にはなっていない。

ヨハンナ　私は十七歳だったの……十七歳だった……フリードリヒ、あなたの素敵な声！　フリードリヒ！　フリードリヒ！

突然、歌が中断され、男たちが動かなくなる。

ヨハンナ　マーク！　そんなに揺れたらどうなると思う！　早く立ちなさい！　どうもすみません！　先生は恥ずかしいわ、とっても恥ずかしいわ。立って、すぐに教室から出ていきなさい！　いいえ、あなたはもうお話を聞かなくていいわ！　廊下に出て、自分が何をしたのか反省なさい！　本当に申し訳ありません！

間の後、歌が続く。
マリアが入ってきて、ヨハンナに近づく。

ヨハンナ　この音を聞いていると、私、心臓が止まりそうで、この世のことは何もかも忘れられるの。夫のことも、娘や息子のことも、私にはもう何も存在しないの。何も！

マリア　ええ、美しいわね。

ヨハンナ　聞いて、聞いてよ！

マリア　とても美しいわ。

ヨハンナ　若い頃は、この音を聞くとすっかり度を失ってしまっていたものだわ。ありがたいことに、それも結婚するまでね。でなけりゃ夫も失っていたわ。こっちへ来て、歌いましょうよ。

マリア　いいえ、私は歌えないの。

ヨハンナ　全然むずかしくないわよ。さあ、一緒に。

マリア　できないの。今日はもうやってみたのよ。

ヨハンナ　聞いて……。

男たち女たちは歌をやめる、ヨハンナが歌っている。

男女、去っていく。

マリアは聞いていて、それから立ち上がる。

ヨハンナ　行かないで、行かないで！

マリア　ここにいるわ。

マリアがこっそりと去っていく。

ヨハンナ　フリードリヒ、フリードリヒ！　あなたを愛しているのよ、フリードリヒ！　あなたがいなきゃ生きていけないわ！　ねえ、絶対にお互いのことを捨てたりしないって誓いましょう？　さあ！　ええ、もう一度言うわ、私のいちばん大事な、愛するフリードリヒ、私の人生に何が起きようとも、あなたに何があろうとも、私は決して……聞いてる？　決してあなたを捨てたりしないわ、私はずっとあなたのそばにいるわ、ずっと！　誓うわ！　ねえ、私たちの誓いを確かなものにしましょうよ……分からないけど……この川の流れで。こっちへ来て。来て。私はここよ。寒くないわ、寒くなんかないわ！　じゃあ……一、二の三——誓います！（すばやくしゃがんでからすぐに立ち上がる）あーあ、なんてひどい！　北極にいるようだわ！　ああ、フリードリヒ、私のフリードリヒ、あなたはなんてハンサムなの！　あなただけが私を暖められる。あなたなしでは一秒もいられない！　さあ、逃げましょう！　オーストリアに逃げましょう！　いいえ、イタリアの方がいいわ！　イタリアで暮らしましょう。そもそも私にとってはどこで暮らそうが同じことなの、砂漠だろうが、氷河だろうが、ただあなたさえいてくれたら！　フリードリヒ！

16　ボリス、マリア

ボリス　あいつは自分がいちばん偉いと思ってるのさ。もちろん、立派な方だがな！

マリア　誰が？

ボリス　ここの医者だよ。おかげさまで、俺は脳卒中じゃなかった。しっかり動いてくれる唯一の場所が、この頭なんだからな。教えてやろうか。昨日のことだよ。俺は気分が悪かった。血圧は下がるわ、脈は上がるわで息もできやしない。だが、脳のやつはまだ動いてる。看護師たちがあくせく走り回ってはいるが、どうにもなりゃしない。俺は彼女らの気分を盛り上げようとウインクしてやったんだよ、俺にできる範囲内で励ましてやったんだ。

マリア　ロシア語で？

ボリス　だいたい、そうだな。ドイツ語だってもちろん、ところどころ挟みつつな――アレス・グート、ゼーア・グート、ファンタスティッシュ。俺のボキャブラリーは、まあ、これで全部だがな。まあ、つまり、彼女らを励ましてやったわけだ、だが、あいつらはどうしたもんだか、医者を呼びやがった。あいつは飛んできたよ、わきに紙を挟んでさ、ノートだな、あいつはいつだってわきにノートを挟んで走り回ってるんだ。脳と体が興奮してる証拠だ。俺のことは見もせずに、毛布の上にノートを放り出して行っちまいやがった。それから、あっという間にまた現れた。両手に注射器と電話機を持ってる。好きなんだよ、注射が。俺がいたあの階はフロア全体が死体安置室みたいだったよ、どこもかしこも真っ青でさ、手も足も腹もな。あいつは俺たちの静脈を探すんだけどさ、どういうわけか、いつだって静脈はあいつから逃げようとするのさ、だもんで、真っ青になるまで、あいつは静脈を追い回すわけさ、真っ青だぜ。いや、そんなことはどうでもいい。これは自分の目で見てみなきゃな。みんな眠ってたよ、おまえに見せてやりたかったな。しかしだ……。俺は相も変わらず無力なまま横になってた、今から全部詳しく話してやるよ。あそこに、俺がいる。横になって、目をしばたたかせてる。

ボリスは白衣を羽織ると、ボタンを留めずに、わきに何か紙の束を挟む。走り出しながら注射器と電話機を手に取る。空のベッドの「患者」の方へ駆け寄る——そのベッドの上に電話機を置き、静脈注射の準備をしている。

ボリス　俺はもうほとんど呼吸をしていない。

ボリスは「患者」の上に注射器を置き、ノートをめくり始める。次に別のノートを開き、ページをめくる。

ボリス　酸素をつないで。あ、もうつないであるね、よろしい。（電話機を取り、番号を押す）もしもし、こちらは……。苗字は、もちろん覚えていませんが、恐らく、ルシンスキだと思います。それはたいしたことではありませんので、そういうことにしておきましょう。こちらは、聖ヨシフ病院の医師のルシンスキです。ええ。あなたは息子さんですか？　いえ、かまいません。息子さんとお話ししたいのですが。ああ、彼には娘しかいない。ええ。かまいません。はい。病院からです、医師のルシンスキです。ええ。いえ。お父様の容体が急変したものですから。ええ。心拍数が三〇まで下がっています。ええ。いえ。私には無理なんです。彼はドイツ語が話せないものですから。ええ。いえ。この先どうしてほしいのか、あなたのお父様に聞くことができないのですよ。ええ。いえ。このような容態になった場合、我々としては、蘇生の処置を行わねばなりません。お父様に聞いていただけませんか、同意なさるかどうか、あるいは、蘇生の処置はお望みではないのか。ええ。娘は彼にこう言う――「私、あなたのご質問の意味が分かりかねますが」――すべての患者さんが同意されるわけではないですからね。ですから、質問を……。聞いてみてください、ご希望かどうか、必要とあらば蘇生処置を行っていいかどうか、心臓の動きを人工的に維持することをお望みかどうか。聞いてみてください。いえ、ちょっと待ってください。それからもうひとつ聞いてみてください、口から肺に、気管に人工呼吸器の管を通してもいいか。好ましい処置ではありません。

聞いてみてください。娘が答える、「意味が分からないのですけど……」。機械で動く人工呼吸器ですよ……。いいえ、すべての患者さんが助かることを望まれるわけではありませんからね、助かりたくなんかなかった、死にたかったのにって仰る方も多いのですよ。ええ。はい。いいえ。お父様に聞いてみてください。娘はやっと私にこう言う、「パパ、私、すぐにそちらに行くわ」。彼はなんと仰っていますか？　お父様に聞いてみてくれましたか？　この先、彼にどういう処置をすべきか、我々は今すぐに決めなければいけないのです。答えが必要なのです。彼は蘇生処置についてなんと仰いましたか？　「もちろんお願いします」！　今この電話で聞いてみてください。「私、今すぐに行くわ、パパ」。私は彼女にこう答える、「いいえ、その必要はありません」。ルシンスキが言う、つまり、彼はお望みではないと？　彼は「いいえ、その必要はありません」と言いましたね、聞きましたよ、分かりました。つまり、必要ないと？「必要です、必要です」！　娘は彼に大きな声で言っている。ご理解ください、これは通常の処置です、私はアメリカで働いていたことがありましてね、あちらでは、これなしでは先には……。もしもし？　彼女は受話器を放り出した。話すことはもう何もないなとルシンスキは言う、このロシア人たちにも子どもがいるんだそうだ。そういうことだ。ルシンスキじゃなければ、俺をどうすべきか私には分からないよ。とても気の回る医者なんだ。そう、気が回るんだ。俺の隣の患者は内臓をほとんどすべて摘出されたんだ。腹の中がすべて破れちまって、二時間置きにそれを吐き出すからなんだよ。昼も夜もおかまいなしにな。

三週間ぶっ続けでだ。医者たちが、あれこれ手を尽くしたが助けられない。食べても食べなくても吐くんだ。当人の苦しみようときたら恐ろしいもんだよ。夜中の十二時頃だった。吐いたかと思うと、やっと寝入った。ルシンスキが飛んできた。大急ぎですべてをすごい勢いでやってた。病室の明かりをつけて、その男を起こして。男はベッドから危うく落ちるところだったよ。ルシンスキはペンを取りだすと、ノートを開きながら、男のベッドに腰かけて、周りに聞こえないようにこう言ったんだ。「頭はなんともありませんか、痛くないですか？」、男は、こういう人間らしい扱いに泣き出してしまったほどだ。彼が俺たちの病室に立ち寄っても、一度も照明を消したことがなかったよ。なぜって、他の患者のところへ急いでいるからだよ、これもやっぱり博愛の精神ゆえってことだろ。しかし、こんなことは全部くだらないことだよ、俺は今からあんたにモスクワの病院の話をしてやろう、もっとおもしろいぜ……。ちょっと待てよ、ところで俺はいま何語で話してるんだ？　あんたはロシア人かい？

マリア　ドイツ人よ。

ボリス　でもロシア語が分かるんだな。

マリア　全然。

ボリス　だったらどうして？

マリア　あなたの言うことは分かるのよ。

ボリス　俺の言うこと？

マリア　ええ、分かるの。
ボリス　俺だから分かるってことか？
マリア　あなただからよ。
ボリス　もし俺じゃなかったとしたら？　ロシア語じゃなかったとしたら？
マリア　何語かなんて意味ないのよ。
ボリス　「何語かなんて意味ないのよ」か。くっだらねえ！　じゃあ、何人《なにじん》か、は？
マリア　何？
ボリス　意味があるかい？
マリア　あるわよ。
ボリス　そりゃありがたい、つまり、焼き肉にならずにすんだってわけだ。
マリア　焼肉って何の？
ボリス　俺の肉のさ、フライパンでジューってな。
マリア　私、行かなきゃ。
ボリス　待てよ、俺は病院の話をしたかったんだよ、モスクワの病院のさ。けど、病院の話はしないことにするよ。聞いてくれよ、ちょっと座ってくれ、俺はもうずいぶんと長いこと誰ともこんなふうに話をしていないんだよ。俺には娘がいるんだ、いい子でさ、とってもいい子なんだ、これ以上の娘なんて俺には望めない、だけど、それでもやっぱり娘は娘だ、こんな話はできないんだ。
マリア　私、行かなきゃいけないわ。
ボリス　じゃあ、二分だけ。
マリア　二分ね。
ボリス　俺がちゃんと話をすることができたのは、ただ一人だけだった。信じないだろうけど、俺はすごく社交的なんだよ、ただし、心を合わせて、何も言わずに一緒にいても心が通い合う、そんな人間は一人しか知らない。少なくなんかないさ、そんな相手は一人もいないって人が多いんだからね。ああ、ベッラ、彼女はどこにいるんだろう、俺のベッラは？
マリア　奥さん？
ボリス　普通は逆が多いもんさ、最初に死ぬのは男だ。正直、そのつもりだったよ、俺はずっと病気がちだったしな、梗塞も二回やったしさ、それなのに、彼女が俺より先に逝くなんてさ。具合が悪いなんて一度も言わなかったんだ……。なんにも言わなかった、自分ではすっかり分かってたんだよ、でも、まったくおくびにも出さなかった、俺も見抜けなかった。してやられたってわけだ。
マリア　癌だったの？
ボリス　言われたところで分からなかったよ。全体的に判断して、もう手遅れだったんだ。ひと言も言わなかったんだ。なぜだか分かるかい？　俺を不安にさせないため、動揺させないいためだ。ずっとそんなだったよ。いつだって俺と子どもたちのことだけを考えてるんだ。彼女の考えなんかすぐに分かるさ――なんのために彼に言う必要があるの、いたずらに動揺させるだけ、言ったからって彼に何かが変えられるわけじゃないんだから。バカげてるよ！　俺に言うべきだったんだよ。二人で一緒に死ぬことだってできたし、俺の方が先に逝くことだってできたのに。

マリア　亡くなってから長いの？

ボリス　十二年だ。憂鬱でつまらない十二年間だったよ。何が言いたいか分かるかい？　人生ってのは、少しでも何もかもがうまくいっているときにはたったの一日みたいにあっという間に過ぎ去ってしまうのに、何もかもがうまくいかずに、心の中に痛みと憂いしかないようなときには、ゆっくりゆっくりとしか進まない上に、日ごとにどんどん耐え難いものになっていくんだよ！　分かってくれるといいんだがな、分かってくれるだけでいいんだ、俺がどんなにベッラと話したいと思っているか、俺の愛するベッラと！

マリア　彼女とお喋りをしたらいいわ。

ボリス　週に二回、墓に行って話をしてるんだ、いろんなことを語りあうよ……。もう十二年もだ。でも何の役にも立ちゃしない。だって俺に必要なのは生きた人間なんだよ、だけど、いないんだ、もう二度といないんだよ！

マリア　いるじゃないの――娘さんが。娘さんにベッラさんのことを話しなさいな。子どもっていうのは、子どもなりに親のことを理解しているものよ、まったく違うようにではあるけれど。娘さんにご自分の愛を話してごらんなさい、きっとどちらにとってもためになるわ――あなたにとっても、娘さんにとっても。お孫さんもいるの？

ボリス　かわいい男の子だ！　四歳だよ、チェスをやってるんだよ、俺が、音楽教室だの英語教室だのに連れていってるんだよ、他にもいろいろな……。音楽は好きじゃないんだよ、チェスもあんまりな、家の中とか外を駆け回るのが大好きなんだ。目が離せやしないよ。

マリア　彼にベッラのことを話しなさいな。

ボリス　何言うんだよ、あの子はまだ小さいんだよ、何もわかりゃしないよ。

マリア　話しなさいな、すべて彼の心の中に残るから。さようなら。

ボリス　なんだよ、いきなり「さようなら」って。また会おう。また来てくれよ。俺たちのお喋りは悪くなかっただろ？　俺か、俺は悪くなかったよ……。

マリアが出ていく。

17　マリア

マリア　私のかわいいミハエリ！　私、手紙を書いたところなのよ……。だけどお願い、どうか怒らないでね……、何も考えないで……。私ね、自分にかかずらう細々《こまごま》したことをあれこれ考えなきゃいけないのよ、はっきり言うと、私がいなくなってからかかずらうことになることをね。私はね、それがとても心配なの。お葬式のことよ。どう埋葬するかなんて全然関心がないし、大事じゃないわ、都合がいいっていうのなら、火葬にしてくれたっていいの、そんなの問題じゃない。墓石のことが心配なのよ。もうずっとそのことを考えているの。いーえ、石はなんだっていいの、いちばん安いのにしてちょうだい。ただ、私が望んでいるのはね、お別れの言葉をあなたの名前で書いてほしいってことなの。あなたひとりの名前でね。しょっちゅうそのことを考えては、いろいろと書き尽くしたわ。例えばね、「僕の大切なママへ、あなた無しでは……」とかね、「ママがいなくてとても淋しい……」とか、「ママがいなくなって僕の人生は……」、「僕は孤児になってしまいました」とかね。書けるだけ書き尽したわ。自分でもおかしいくらい。なんでおかしいかって、だって、今日になって私、急に分かったのよ、何て書いてもらえばいいのか。「僕の愛するママへ」みたいな感じのことなんだって、だって私はあなたの愛するママでしょう？　それか、「僕のママへ」だけね、いちばんいいのは「ママへ」だけだわ、たった一言「ママへ」って。それと名前ね――ミハエリって。お願いよ、怒らないでね、今日、私、古いお友達に手紙を出したの、もしかしたらあなた、彼女のことを覚えているかしら？　ウルスラよ。彼女、公証人の知り合いがいるのよ、その人に私の病院まで来るよう頼んでくれるの。もちろん、いくらか払わなきゃいけないでしょうけど。私、遺言書を作るつもりなの、そこに、この希望も書いておくつもりよ。二言だけ――「ママへ、ミハエリ」って。公証人が保証してくれるわ。貯金が全部で一万あるの。それで足りるといいんだけど。お棺と骨壺はいちばん安いのでいいからって書いておくわ、特別な式は何もいらない、なんにもいらないわ、ただ二言だけ。それが私にとってはいちばん大事なことなの、他は全部、安上がりにしてくれていいわ、それか、やらなくていいわ。公証人が私の遺言書を保証してくれるから……。あなたはなんにも心配しなくていいの……。

18　ギーゼラ

ギーゼラ　なんてバカな！　お分かりでしょう！　なんてバカな！　あたしの頭がだんだんとダメになってくるとでも思ってるの?!　そりゃ、あんたらの方だよ！　あたしの頭は、ほら、ここにあるよ！　あんたらの頭はあっちこっちにとっちらかってるんでしょうけど、あたしのはね、あるべき場所にぴちっとあるの！　それにね、あんたらのより回転も速いよ！　かなり速いわよ！「脳卒中だ、彼女、脳卒中になっちゃったよ！　ああ、神様、彼女、脳梗塞なんです！　そんなことになるような人じゃなかったのに……」だって。バカ女め！　自分を見てごらんよ、あんたの方こそ脳梗塞だよ！　こん畜生め！　ちょっと、あんた、何を見てんだよ?! 探ってるんでしょ、分かってんのよ。分かってんの！ そこからぴょんぴょん跳ねて行っちまえよ、ヤギみたいにさ！ あんたらなんかもうここで二度と目にしなくて済むようにね！ 二度と、二度とよ！ なぜかって、あんたらがクソだからよ、友達なんかじゃないよ！ 臭いクソ！ あたしがあんたらの助けを必要としてた時に、あんたらはどこにいたの？ あっちへ行きやがれ！ あんたらのことなんか考えたくもないわ！ 頭ん中、ゴミだらけになっちまえ！ あんたらなんか、くだらないお喋りと他人の噂話くらいにしか使えやしない！ クソよ！ ……シッ！ 静かに！（どこか遠くで音楽が聞こえる）あれだわ！ 静かに！ あっちよ、あっちにあたしのすべてが！ ああ、あたしはこの踊りが本当に好きだわ！ みんな、どこにいるの?!

舞台に若くない女性たちが走り出てくる、ギーゼラは急いで彼女たちの方へ行く。音楽が鳴る、ギーゼラと女性たちはカンカンを踊る、みんなやっとのことで踊っている。音楽が終わり、女性たちが去る。

ギーゼラ　真実は足にこそ宿る！ 女性の足よ、万歳！ ああ、呼吸がおさまらない！ もう一回？ すぐに、すぐよ！ あたしも好きよ！ ねえ！ みんな！ みんな、出てきて！ ねえ、どこにいるの?! みんな、舞台に出ていらっしゃいよ！

同じ女性たちが舞台に出てくる、彼女たちは辛そうにしている、苦しげに息をしている。

ギーゼラ　どこに行ってたのよ？　みんな、気に入ってくれたみたいよ。アンコールを求めてるわ……。もう一度やる？　え？　あなたたち？　何だかみんなの姿がよく見えないわ。さあ、やりましょう、女の子たち！

音楽が歪んで鳴り響き、誰ももう踊ることができない。

ギーゼラ　どうして彼女たちはあんなに歳をとっているの？　くっだらない！　あんたたち、どっから来たの、美人さんたち？　分かった、分かったわ、行きなさいよ。あんたたちがいなくてもなんとかするから。

女性たちが出ていく。

ギーゼラ　私たちは十八、十九歳だったわ！　なのにあの人たちはいくつよ？　見るのも痛々しいわ！　老人ホームからいらしたのかしらね。あたしたちはカフェ「パリ」に出てたのよ、オーナーはね、あたしたちの足で客を集めてたの。あんな干からびた足に誰が寄ってくる？ ああ、私に言い寄る男がどれだけいたことか。覚えてるわ、ある男がやってきたの、クルトって言ったわね。若くて、ハンサムで、スリムで、高尚で、崇高な感じの人。ある時、あたしにものすごく大きな美しいバラの花束を持ってきてくれたの、あたしたちがまだ舞台に上がっているうちに楽屋に寄ってね、その花を床じゅうに敷き詰めたのよ、きれいに見えるように。そのバラの上にレースペーパーを一枚置いてね、「僕の愛するギーゼラ、君無しでは僕の人生は水無き花のごとき」って。詩人だわ。舞台が終わったの。他の女の子たちが先に入っていってね――まあ、きれい！　で、あたしはその後に戻ったわけ。みんなは靴を履いていたけど、あたしは裸足だった、いつもそうしてたのよ、踊り終わったら靴を脱いでたの。入っていっちゃったのよ、とげとげの上に！　ああ、何よ、あんた！　このクソったれ！　とげとげの上をぴょんぴょん跳ねまわったわ！　こん畜生、アホんだら！　このクズ野郎って大きな声で言いながらね。みんながあたしに手を振って、隅っこのほうに目配せしてるのよ、でもあたしはそれどころじゃなかった、痛くて怒鳴り散らしてたわ。くたばっちまえ、アホなことしやがる脳タリン野郎！　てめえのクソみたいな花なんか青い炎で全部燃やしちまえ！　こんなクソ花、てめえの墓にでも飾りゃいいだろ、この薄ノロ！　要するに、言葉の限りを尽くして罵倒してやったわけよ！　そしたら急に、隅っこで何かが少し動いたの――クルトだった！　彼、自分の詩的な行為にあたしが反応するのを見るために、隅っこのひじ掛け椅子に隠れてたのよ。立ち上がってあたしの前を通りすぎて行ったわ、顔を真っ赤なバラ色にして、全身がたがたと震わせて、川のように涙を流しながら、ひと言も口にできずに。それでもあたしはどうしてもやめられなかったの——ぴょんぴょん跳ねながら喚き続けたわ、「ろくでなし、このろくでなしめ！」って。こんな言葉を聞くなんて思ってもみなかったでしょうね、哀れな人。もちろん、彼は悪くないわ。あたしが裸足だなんて、知るわけないじゃない。あたしはその後も足がひどく痛んでてね、思い出すのもおぞましいわ！　彼のことも他の人たちのことも侮辱するなんて、あの人たちは面白半分でやったわけじゃなくって、別の目的だったんだもの。そういうわけで、カンカンは、全く別物なのよ！（カンカンのメロディを口ずさむ）

中年の男性が入ってきて、テーブルに座る。

ギーゼラ　何にしましょうか、お客様？　何かご注文になりますか？　ねえ？
ロルフ　俺の名前はロルフだ。
ギーゼラ　それはおめでとう、センスのいいお母様ね。メニューをお持ちしますか、それとも……。
ロルフ　ビールをくれ。君のセンスに任せる。一緒に飲んでくれると嬉しいんだけど。俺ももう若くはないんでね。

ギーゼラ　どういうことかしら？
ロルフ　五十二だ。
ギーゼラ　色を言ってくださらないかしら。
ロルフ　何の色だ？
ギーゼラ　もちろん、ビールのよ。
ロルフ　ビールのことはもういいよ。俺はビールをもらいに来たんじゃない、君に会いに来たんだ。
ギーゼラ　ビールは要らないってこと？
ロルフ　君に会いに来たって言ってるだろ。
ギーゼラ　どこかでお会いしたことがあったかしら？
ロルフ　俺はずっと君を見ていた。昨日と今日とな。それで、近くで君を見てみようと思ったわけだ。俺たちはお互いに似てると思うよ。昨日もそう思ったが、今日こうして近くに来て、それを確信したね。君は一人者だろ？　俺も一人だ。一緒に暮らそう。先延ばしする必要があるかい？　今、言っただろ、俺は子どもじゃない。もちろん君もだ。
ギーゼラ　もちろんよ。
ロルフ　俺より若いが、同じことだ。
ギーゼラ　あなたは五十二歳だったわね。
ロルフ　君は七つ下だろ。

ギーゼラ　七つですって?!　私は四十四よ！　四十四歳！　七つどころか、ほぼ十歳年下よ！　それから、私が一人者だなんて誰が言ったの？　私には猫がいます。
ロルフ　ああ、君は猫とお喋りしたり、ニュースのことを話したり、一緒にテレビを見て笑ったりしてるな。猫のコンサートは定期的にやってるのかい？
ギーゼラ　他に何のコンサートをやるっていうの？
ロルフ　そりゃそうだ、俺はそろそろ行かなきゃ。今日は何時に会える？
ギーゼラ　十一時半。
ロルフ　素晴らしい、じゃあ、俺は車で迎えに行って、君を家まで送るよ。

ギーゼラはロルフに近づき、そばに座る。

ギーゼラ　ああ、なんていう夜なの！　タクシーで家に帰れるなんて、めったにあることじゃないわ。
ロルフ　これからはいつもだよ。君にはお抱えの運転手が現れたんだ。
ギーゼラ　お抱えの車。あたし、たぶん、あなたを破産させてしまうわ。
ロルフ　俺は破産のしようがない。
ギーゼラ　そこもあたしたち似てるわね、あたしも一文無しよ。

ロルフ　休日には映画に行こう。いいだろ？
ギーゼラ　そんなにすぐには車を手に入れられないでしょう？
ロルフ　俺は君の望みを全部かなえられるさ。
ギーゼラ　素敵！
ロルフ　ギーゼラ……。
ギーゼラ　なんていう夜なの！
ロルフ　君の猫にご挨拶したいな、いいだろ？
ギーゼラ　もう遅いわ。
ロルフ　猫は夜行性だよ。
ギーゼラ　うちの子は性格が悪いのよ。
ロルフ　その方が俺には扱いやすいよ。

ギーゼラとロルフが立ち上がる。

ギーゼラ　電気を消して。
ロルフ　君を見ていたいんだ。
ギーゼラ　いやよ、だめ、お願い、消して……。

ロルフ　恥ずかしいのかい？
ギーゼラ　ええ……。
ロルフ　俺もだよ。
ギーゼラ　消して。

ロルフは蠟燭をつけ、電気を消す。

ロルフ　このほうがいいだろ。
ギーゼラ　ええ……。あたし、久しぶりなものだから……本当に久しぶりで……。
ロルフ　何が？
ギーゼラ　男の人よ、口説かれるのとか、触れられるのも。
ロルフ　慣れるさ。
ギーゼラ　二年間誰もいなかったのよ、二年半かもしれないわ……。ロルフ……。あなたいったい、どうして現れたの？
ロルフ　タクシーでだよ。
ギーゼラ　あなたをあたしに送ってくれたのは神様ね。
ロルフ　いや、君を神様が送ってよこしたのさ。

ギーゼラ　素敵！
ロルフ　始まったばかりだよ、もっと素敵になる。
ギーゼラ　私にこんな運命が待っていたなんて。
ロルフ　どのあたりに住みたい？　３ＤＫの部屋を借りよう。いいだろ？
ギーゼラ　そんなにすぐに？
ロルフ　俺は五十二だよ。
ギーゼラ　いいえ、あたしたち、三十だわ、三十歳よ、三十歳なのよ。神様、なんて素敵！
ロルフ　もちろん三十歳だ、だが、俺は五十二だよ。

ロルフが立ち上がって出ていく。

ギーゼラ　ロルフ、ロルフ！

マリアが入ってくる。
ギーゼラが早口でとりとめのないことを不明瞭に話し始める。
マリアは、ギーゼラが話していることを聞き取ろうとするが、数語しか聞きとれない。しばらくの間、マリアはギーゼラのそばに座ったまま、彼女の聞き取りにくい話に耳を傾け、彼女の手を撫でている、それから立ち上がり、去っていく。

19　マリア

マリア　私の愛する息子！　今日、私ね、急に自分の仕事のことを思い出したのよ。図書館のことよ。長いこと思い出さなかったのに、今日になって……。分かるかしら、私、本についた埃をすぐ鼻先に感じたのよ。あの仕事が大好きだったわ。飽きたなんて一度も感じたことがなかったもの。そんなこと、滅多にないことよ。だって、何だって数年もすれば飽きてくるものでしょ。私は運が良かったんだわ、仕事で満足感が得られたんだもの。三十七年間も働いたっていうのにね、本当よ。本を読むのが大好きだったわ。それから、自分が読んだ本を来館者たちに薦めていたの。今はまったく読めなくなっちゃったけどね。すぐに目が疲れてしまうし、本を持っているのもきついの……。あなたには正直に言うけどね、読む気がしないのよ、全然読む気がしないの。本を開くでしょう、そうするとすぐにつまらなくなってしまうの。この長い人生のうちに、ものすごくたくさんの本を読んで、賢い考えやら、ためになる考えを数えきれないほど知って、それが時には私が生きるのを助けてくれたわ。だけど、大事なことは、いちばん大事なことはね、今になってようやく分かったのよ、歳を取ってからね……。でも、それだけでもありがたいと思わなくちゃね、いまだに何も知らないまま生きていたかもしれないんだものね。

20　ボート。ボートにはカールが乗っている。

カール　ああ、魚がたくさんいるよ！　なんて大きいんだ！　釣り竿を持っていないなんて残念だなぁ。僕はたいした太公望なのに、こんなにたくさん魚がいるのに、手ぶらで帰らなきゃいけないなんて。なんてきれいな魚だろう。あの魚は何だろうな、おもしろいな。

ヘルムートが登場、ボートに近づく。

ヘルムート　なまずだよ。
カール　これ、なまずなの？　あのひげのあるなまずかい？
ヘルムート　なまずだ。
カール　なんてのろまなんだ。
ヘルムート　昨日の夕食で食べたじゃないか。
カール　ああ、美味しかったね！
ヘルムート　町で最高のレストランだよ。

カール　おとぎ話のような町、おとぎ話のようなレストラン。市長は……。
ヘルムート　話はついたよね。
カール　ヘルムート……。
ヘルムート　そうするのがいいよ。
カール　分かってるよ、君は今それどころじゃない、山積みの仕事、山積みの問題、理解してる……。でも、お願いだ、僕の気持ちも分かってほしいんだ。僕たちはこの問題を解決しなきゃいけないんだよ。そのために僕は君のところへ来たんだから。良かったら、うちへ来てコーヒーでも飲まないか？　イングリットが家にいるから。
ヘルムート　僕は博物館にうってつけの建物を見つけたと思ってるよ。市会議事堂の裏手にある、分かるかい、十八世紀の建物だよ？　君に伝えておくべきだった。
カール　ああ、どうもありがとう。行ったことがあるよ。
ヘルムート　僕は、申し分ない建物だと思うね。
カール　もちろんだよ。でも……あそこは湿気がすごいだろ、年代物のドレスがもたないんじゃないかな。それに広さもそんなにないだろ。
ヘルムート　三階建てだよ。
カール　僕は専門家を連れていってみたんだよ、湿度を一定に保つ装置を設置すればいいんじゃないかって言うんだ……。

ヘルムート　あの建物を博物館用に購入するよう、僕なら基金の理事たちを説得できると思うんだ。
カール　分かってくれよ、世界に二つとない年代物の舞踏会のドレスとアクセサリーのコレクションなんだよ……。
ヘルムート　分かってるよ、カール、君のコレクションは三千点を超えるものだ。収集した物のために、君が我々の町を選んでくれたことを僕は誇りに思ってるよ、もっとも僕は、そのことはとても嬉しいんだが、しかしだ、理事たちを無視するわけにもいかないんだ。彼らはあの建物を買い戻すことに同意してくれたよ。いくらすると思う？
カール　あれは素晴らしい建物だよ、でも向いていない、コレクションがダメになってしまう！コレクションだって値打ちものなんだよ、相当な値だ。もちろん、値段が大事なわけじゃない。これは僕の生涯の仕事なんだ。僕たちには子どもがいない、没収されてしまうんだ。分かるだろ、だから僕はコレクションをこの町に寄贈することにしたんだ、最終的には、すべて一緒に一か所に置いておきたいんだ。世界中を旅してまわるのはもうやめだよ。この町はコレクションを飾り、コレクションもこの町を飾る。僕とイングリットはまだ元気だ、博物館をやっていけるだろう、この数年間やってきたようにね。知ってるだろ、僕がチューリッヒに住んでいた時、我が家はいつも客でいっぱいだった。ここも同じようになるよ。
ヘルムート　君はあの建物が気に入らないのかい？

カール　気に入ってるよ、ただね、博物館には向いてないんだ。
ヘルムート　向いてないね。
カール　向いてないよ。頼むよ……。
ヘルムート　あの方が……。
カール　何？
ヘルムート　あの方が……。

マントを着た裁判官が登場する。

ヘルムート　気をつけて、バランスを保って。そうだ、忘れるなよ、ここはとても流れが速いんだ。
カール　僕はオールを持っていないんだよ、ヘルムート！　ヘルムート！

ヘルムートが出ていく。

カール　失礼してよろしいでしょうか？
裁判官　どうぞ。

カール　犯行が行われた時、あなたはどこにいましたか？　被告？　被告？

被告が入ってくる。

被告　どんな犯行のことでしょう？
カール　思い出していただきましょう、あなたの奥様の殺害のことを言っているんですよ。
被告　私は人を殺したことなどありませんよ。
カール　いいでしょう。奥様が殺害された時、あなたはどちらにいらっしゃいましたか？
被告　何度も言いましたが、バーにいました。
カール　確信はありますか？
被告　あなたは昨日、証人にも確認なさったじゃないですか。
カール　時に証人というものは、なんやかんやの理由で、間違えたことを言うものなんですよ。
裁判官　検察官。
カール　殺害のあった時間、あなたはバーにいたのですね？
被告　ええ。
裁判官　検察官……。

カールが裁判官に近づく。

裁判官　（小さな声で）あなたの仰ることが理解できませんね。被告にはまぎれもなくアリバイがあるんですよ。あなたは、絶対的な証拠があると仰っていましたが。本当にあるのですか？

カール　期待しています。

裁判官　どういう意味ですか、期待しているとは？　何なんですか？　あなたの持ち時間はあと三分です。それで審理は終了となります。

カール　ありがとうございます。敬愛する紳士淑女の皆さま、あなた方は、この人物が話したことをお聞きになりましたね、我々は昨日、証人たちの話を聞きました。彼は無罪ですよ、彼は無罪です。なぜなら、誰も、この世界の誰一人として、この人物が殺人犯だということを立証できないからです。

被告　僕には、アリバイがあります。

カール　誰一人として。

裁判官　検察官。

カール　はい、裁判官。誰一人としてです。犯行が行われるのを現場で目撃した人以外は、ということです。私のこの意見に同意してくださいますか？　そんな人物はいなかったということを我々は知っています。いたのは、犯人と被害者だけだ。被害者のことを犯人以上に知っている者がいるでしょうか？　犯人のことを被害者以上に知っている者がいるでしょうか？　人生にはですよ、敬愛する紳士淑女の皆さま、非常に信じがたいことが起きることがあります。ある出来事が、非常に大きな出来事が、人間の人生においては、しばしば大変重要な役目を果たすことがあります。この出来事いかんで、我々の気分は良くも悪くもなり、我々の一日は首尾良くも悪くもなり、昇進するもしないもあり、幸せにも不幸せにもなるのです。しかし、時に、敬愛する紳士淑女の皆さま、我々の人生じたいがこの出来事に左右されることもあります。こういうことが今後も起こりうる。裁判官、よろしいでしょうか？

裁判官　どうぞ。

カールがうなずく。
舞台に車椅子の女性が登場する。
被告はおびえて飛びのく。

カール　この女性がどなたかお分かりになりますか？

被告　生きてたのか?!　生きてやがったんだ！　ちくしょう！　息をしていなかったのに！　切り刻んどきゃよかった！

カール　奥様を殺害しようとしたと認めてくださいますね？

被告　このケダモノが生きちゃいないって確信してたのさ！　焼き払っちまえばよかった！

カール　つまり、ナイフの刺し傷をつけたのはあなただということですね？

被告　心臓を五回やってやったのさ、五回だぜ！　でもあいつは生きてる！　魔女だ！　魔女だよ！

被告が女にとびかかろうとして止められる、女は椅子から素早く飛びのく、彼女の頭からかつらが落ちる。予期せぬことに被告は立ちすくむ。

続く短いモノローグの間に、カール以外は皆、舞台を去る。

カール　裁判官！　この女性の顔は、殺害された女性に瓜二つなのです、顔だけにご注目ください、体型はまったく似ておりません、ですから我々は彼女の体を毛布で隠さざるをえなかったのです。髪の色は、ご覧のとおりです。顔がそっくりなことが被告を混乱させたのです、今となっては犯人と呼んでも差し支えないでしょう。もうひとつ指摘しておきましょう、私は法廷に入ってきたのが被害者だと思わせるようなことは、一度も、一言も申し上げておりません。一般論をお話ししただけです、憶測から結論づけたのは犯人自身です。裁判官！私は、ある出来事についてお話ししました。ある出来事が、私にこの女性を見つけさせてくれたのです。この、事件には何の関係もない女性を。その出来事は前代未聞の残忍な殺人事件を暴いてくれました、それについては、あなた方がお聞きになったように、被告がいま、自白した通りです……。

カールひとり。

カール　彼は僕を祝福してくれたよ！　最高裁判事が僕を祝福してくれたんだ！　なんという審理、なんという審理だ！　くそっ、オールはいったいどこなんだ！　博物館は作られるべきだ！　でなけりゃ、僕はチューリッヒに戻って、コレクションを町に寄贈する！　イングリット、僕はね、コレクションをここに置きたいんだよ、僕はこの町がとても好きなんだ！　父は何度もここへ僕を連れてきてくれたんだよ。僕がまだ小さい時にはね、父と一緒にここでボートに乗ったんだ、このボートにだよ。お城に昇りながら、父は僕のために騎士のお話をしてくれた。この町は――僕のすべてだ。イングリット、ベルリンのナショナルギャラリーが僕のコレクションの展覧会をやりたいと言っている。全コレクションのだよ！　ベルリンに行こう。オールはいったいどこだ?!　ヘルムート、二日後に戻るよ。その時にはどうか……ヘルムート？　ところでこの魚はなんだい？　なまずじゃないよな、違うよ、なまずじゃない。飲むとひどく痛むんだ。ひと口ごとに全身にひどい痛みが走るんだ！　イングリットはいったいどこなの？　看護師さん、あなたは、十九世紀のフランスの舞踏会のドレスがとても似合うでしょうね。絶対に着てみなきゃだめですよ。いや、僕はもう長いこと法律が変わるのには注意していないんだ。興味がないんだよ。全部、過去のことだ。そうだ、コレクションだ！　僕のコレクション！

マリアが入って来る。

カール　恐れ入りますが、どなたでしょう？　どこかでお会いしましたっけ？　あなたは――被害者のお母様ですよね、分かりました。違いますか？　イングリット、かなりまずいよ、ヘルムートの奥さんが来たんだよ。彼女、いい知らせを持ってきたんじゃないかな。僕はうっかりして追い返してしまったんだよ。お名前は？

マリア　マリアです。

カール　マリアさん、あなたに十八世紀の扇とおしろい入れをプレゼントしたいんですよ。手作りの品です。おしろい入れは――銀に素晴らしい七宝が施してあります。ほら、あなたのものですよ。僕を助けてくださいますね。

マリア　助けますわ。

カール　看護師さん、あんまり痛くって死んでしまいたいほどだ。何が原因だと思いますか？ひょっとして毒をお持ちではないですか？　僕のボートをどう思いますか？　これはね、父から買ったんですよ。ええ、僕の父です。父はね、この奇跡のようなボートの対価として僕の貯金をすべて出せと言ってきたんですよ。出しましたよ。このボートにはそれだけの価値があります。父が言うにはね、このボートでなら城まで行けるそうなんですよ。城ですよ――あそこの、山の上の。乗ってください、あなたに楽しい騎士の話をしてあげましょう。

マリア　そんなに喋ってはいけませんよ。

カール　イングリット、君かい？　君の声がよく聞こえないんだよ。もし僕が死んだら……ああ、コレクションは……。あなたは誰ですか？　看護師さん？　手術はうまくいきましたか？

マリア　うまくいきましたよ。

カール　本当ですか？

マリア　ええ。

カール　いま何時ですか？

マリア　午前三時です。

カール　何か夢を見ていたな……思い出せないけど……。手術をしたのは昨日でしたっけ？

マリア　四日前です。

カール　四日？

マリア　薬でずっと眠っていたの、ようやく少しずつ醒めてきているところです。

カール　ちょっと待ってください。先生はなんと言っていますか？

マリア　すべて順調に行くと。

カール　つまり、生きていられると？　ちょっと待って。イングリットはどこです？　イングリット——妻です。

マリア　イングリットは毎日あなたに会いに来ていますよ、朝八時から晩遅くまでそばに座っているわ。

カール　イングリット！

マリアが出ていく。

カール　彼女がもうすぐやって来る、僕のイングリット。いま何時ですか？　ああ、もう聞きましたね。午前三時だ。眠らなきゃ。イングリット、ヘルムートと話をしてくれ。彼が最終的に場所を決めてくれるはずだ。これはまったくありえないボートだよ。こんなボートを造れるのはスイスだけだ。スイスのゴンドラだよ。船首と船尾は丸みを帯びていて、船底はまっ平でね……。パパ、パパは僕のコレクションを見ず仕舞だったね。こんなに増えるなんて想像もしなかっただろ。騎士たちのお話をしてよ、できるだけたくさん決闘とか戦《いくさ》とかがあるやつをさ。イングリット、僕はどうしても決められないんだよ、自分の葬式をどうしたらいいのか——火葬にするべきか土葬にするべきか。そうだね、今はね、やっぱり土葬のほうがいいのかなって気がしてる。分からないよ。もし焼くとしたら、虫たちが腹を空かせたままってことになるだろう、それは不公平だよね、彼らには何の罪もないんだから……。

21　マリア

マリア　愛しい人！　今日はパパのことを思い出したわ。私の愛するパパのことをね。彼はいつだって、とても陽気だった。目を閉じるとそばにいるような気がしたわ。私、とっても気分が良くなったの！　パパがしゃがんで、両手を前に伸ばして私に言うの、「おいで、パパのところにおいで！」って。私は笑いながら彼のほうへ駆けてゆく、全力で、そして彼の胸に飛び込んで抱きしめてもらう、そしたら突然、パパが消えてしまうの、私は宙ぶらりんになったまま、ぐるぐるとめまいがして、自分の体を思うように動かせなくって喘いでいるの。パパ、パパ！　彼は戦死したわ。正確に言うと、行方不明になった。招集されてすぐだった。運が悪かったのよ。彼でも私でもなく、ママがね。パパがいなくなってからはひどいもんだったわ！　覚えてるわ、パパの手、細長い指、声も覚えてる……笑い声も。あの笑い声がどんなに恋しいことか！　パパ、私の愛するパパ！　分かる？　私、いつも彼がそばにいるような気がしてたの、彼が触れてるって感じることもあったわ……。本当よ。私は彼とお喋りをして、自分の秘密を打ち明けたわ、ママには言えないこともパパとはね……。近所の男の子に恋したことも話した。私は十五歳くらいだった。この恋をどうしたらいいのか聞いたの。そしたらパパはこう言ったわ、「あれはバカだぞ」って。何なのよ、パパ。「すごいバカだ、あいつのことは忘れろ」って。彼はとてもいい人よって、私も黙っちゃいなかったわ。「ほら吹きのバカ野郎だ」。私は腹を立てたけど、パパは私を説得し続けた、嘘つきから得るもんなんか何もない、彼が私といたってやることなんか何もない。泣いたわ、信じたくなかった。パパが正しかったの。数年後に彼は政治家になった。最初はうちの市で、その後はもっと上に行ったわ。そして、嘘をついてついてつきまくった。でもそれはもっと後になってから……。少し収入が増えてからのこと。戦後の時のことは思い出すのも嫌だわ。ひもじいばっかりで、始終、お腹を空かせてた。ある時、隣の家に忍び込もうとしたの。想像してみて、窓から忍び込んだのよ。このことは今まで誰にも話したことがないの。隣の人がどこかに出かけたすきに、家に忍び込んだのよ。その家には鶏が何羽かいたんだけどね、盗まれないように家の中で飼ってたの。忍び込もうとしたら、鶏たちがクックックッって鳴くの、お願い、静かにしてって頼んだわ。テーブルの上の大皿の中に卵が入っているのが目に入った、一個つかんで、窓から飛び出した。飛び出したら手から卵も飛び出しちゃったの、でも割れなかった、コロコロコロっと転がって、私の手から転がっていった、私は卵を追いかけた。それで、盗んだ卵を追いかけながら足がもつれて転んでしまったの。卵の上に自分が落ちていくのが見えたわ、でも何もなすすべがなかった。落ちていきながら、眼から涙が噴き出してた。

なにもかもが悲しくて泣いたわ――自分の不様さとか無力さ、卵泥棒のわけの分からなさ、ひもじさ、良心の呵責、誰かに見られてたんじゃないかという恐怖でね……。土と涙も一緒くたに卵を食べたわ。おぞましい、今の今でも恥ずかしいわ。

22　ユルゲン、若い娘、マリア

ユルゲン　僕の可愛い君！
若い娘　あなたと一緒でとても幸せだわ！
ユルゲン　こういう時って僕は何て言えばいいのかな？　僕は幸せだよ。
若い娘　ユルゲン！
ユルゲン　君がこうして僕に寄り添っていると、僕は夢を見ているんじゃないか、君は幻なんじゃないか、目覚めたら君はそばにいないんじゃないかって思うんだ。それが死ぬほど怖いよ。
若い娘　あたしはいつもあなたのそばにいるわ。
ユルゲン　いつもうまくいかないんだ。僕は永遠じゃない、そうだ、若くない、分かりやすく言えばね、もう若くないってことだ。
若い娘　あたしはあなたといるわ。
ユルゲン　僕は君といる一分一秒のすべてを神に感謝しているよ。君は想像もできないだろう、君が僕にとってどれだけ大切か！　僕の愛する人！

若い娘　愛するあなた！

ユルゲン　僕は不死を望んでるわけじゃない、すべてはいずれ終わりを迎えるべきだ、これは当たり前なだけじゃなく、いいことだよ。永遠なんて理解できないんだから、恐ろしいよ。でも、それでも僕は、この幸せが続きますようにと気も狂わんばかりに思うんだ、もっと、もっと、もっと続きますようにって。そして、自分の歳を思い出すたびに、神に叫ぶんだ――お願いです、どうか、もう少しだけ！

若い娘　あたしも神様に同じことをお願いするわ。

ユルゲン　愛してるよ。

若い娘　愛してるわ。

ユルゲン　僕には君と一緒にいる時間が足りないんだよ！　一睡もしないでいるにはどうしたらいいんだろう！　君にキスしたい――君の唇、おでこ、手、体！　君を幸せにしたい、君が頭も心もこの幸せにどっぷりと浸って、世間のすべてを忘れてしまうほど幸せにしたい！　僕にこんなことが起こるなんて！　僕にとってこの世界はすべて死んでしまったんだ！　何も存在していない、君だけ、ただ君だけなんだ！　口にするのは恥ずかしいけれど、でも、僕はね、かわいい孫たちのことさえ思い出せなくなったことに気づいた。子どもたちのことは言うまでもない。何年一緒にいたか分からないほど共に生きてきた妻のことも！　君だけ、君だけなんだ！　ああ、失った可能性のなんと甘美なことか、その可能性が、神の意思で、失われたままでいることをやめたんだ！　君が僕のそばにいる！

若い娘　あたし、今みたいに幸せだったことは一度もないわ！

ユルゲン　でも僕は、自分の姿を鏡で見るたびに……。

若い娘　鏡は嘘つきよ。あなたの目、あなたの心は嘘をつけないわ。

ユルゲン　なんということ、僕らの出会いがこんなにも遅いなんて！

若い娘　遅くなんてないわ！　あたしたち、出会ったのよ！

ユルゲン　これ以上のことはないね！

若い娘　これ以上のことはないわ！

ユルゲン　僕は、穏やかに死ねるのだから幸せだよ。

若い娘　愛するあなた！

ユルゲン　人生が過ぎ去ったとしても、過ぎ去ったわけではないんだ！

若い娘　愛する人！

ユルゲン　何もない――よぼよぼの体も、白髪も、憎たらしい老人性のシミも、疲労も、過去の重荷も――何もないんだ！　君は僕の寿命を延ばしてくれるよ、お嬢さん。君のそばにいると僕は若返るんだ、心だけじゃなく、体もね。踊ろうか？

若い娘　ええ。

ユルゲン　古いワルツなんてどうかな？　それとも君はロックンロールのほうが好きかな？

若い娘　あたし、古いワルツは大好きよ！

音楽が鳴る。二人はロックンロールを踊っている。ユルゲンの動きのどこにも年齢を感じさせるものがない。

ユルゲン　ああ、素晴らしい！

若い娘　素晴らしいわ！

ユルゲン　僕の息切れはどこだ？　病んだ心臓はどこだ？　潰瘍はどこへ行った？　まさか全部……。

若い娘　ユルゲン！

ユルゲン　君はなんて素敵なんだ、君はなんて素敵なんだ！

若い娘　あたしの愛しい人、あたしの大切な人！

ユルゲン　愛してるよ！

若い娘　愛してるわ！

ユルゲン　君は魅力的だ！

若い娘　あなたは魅力的だわ！

ユルゲン　君の手の温もり、君の眼の暖かさ、君の愛！
若い娘　あなたの手の温もり、あなたの目の暖かさ、あなたの愛！
ユルゲン　君と出会えて本当に幸せだ！
若い娘　なんのためらいもなく近づいてきたのよ。
ユルゲン　そうせずにはいられなかったんだ、君に気づかないふりをして通り過ぎるなんてできなかった、気づいたんだ、気づいたどころの話じゃない！　君の中には、何かこう、僕が今まで見たこともないような何かがあったんだ……神々しいものが。君の顔の美しさ、君の体、優雅な歩き方に、誰もが振り返っていた——男も女もね。彼らは、歓喜のまなざしで君を見ていた。でも、僕はできなかったんだ、君を見過ごすなんて嫌だった、出会いたかったんだ！　僕の可愛い人！

ユルゲンは娘の両手を握りしめ、その手に口づけをする。
隅でマリアが咳をする。

ユルゲン　誰だ?!　誰がいるんだ?!
マリア　私です、申し訳ありません……。
ユルゲン　どうしてここにいるんですか?!　何しに来たんですか?!　いったいどなたですか?!

マリア　私を覚えていませんか？　あなたのところに来たことがあるんですが……。
ユルゲン　何の御用ですか？
マリア　お見舞いに来ました。
ユルゲン　知らない方にお見舞いに来ていただく必要はありませんよ。
マリア　お詫びを言いたいんです。
ユルゲン　もう夜ですよ。
マリア　すみません。
ユルゲン　ちょっと待ってください。あなた、ここの人ですか？　患者さん？
マリア　ええ。
ユルゲン　誰だか分かったぞ……。
マリア　ごめんなさいね、私、ひどくぶしつけに割り込んだりして……。
ユルゲン　彼女はどこですか?!

ユルゲンは今しがた娘がいたところを見まわしたが、彼女はいない。

マリア　私のせいなんです。
ユルゲン　彼女がいない！　彼女がいない！

マリア　申し訳ありません……。
ユルゲン　ここに若い娘が座っていたでしょう！
マリア　戻ってきますわ。
ユルゲン　ここにいたのは、今どき驚くべき存在だったのに。あなたはもっと後でくりゃよかったのに。
マリア　彼女は戻ってきますわ。
ユルゲン　何なんだあなたは、同じことばっかり繰り返して！　戻ってくることくらいわかってますよ。戻ってこないわけがないでしょう、絶対に戻ってきますとも！
マリア　すみませんが
ユルゲン　今度は何ですか。
マリア　あれは奥様ですか？
ユルゲン　妻は私の四つ下ですよ、たったの四つ。けどあの娘は……。彼女は妻ではありません。私の愛、私の夢、私の青春……。愛人だと思っているんでしょう？　私はこの長い人生の間ずっと妻と一緒でした。私たちはね、四十年以上も一緒に暮らしてきたんです。私は妻を裏切ったことなど一度もありませんよ、一度も。そんな考えすら浮かばなかった。一度もね。なかったと思っていました。ところが、大脳皮質の奥のほうに蓄積されていて増殖していたんですねぇ。そうして、私が、もはや棺桶に片足を突っ込んだという時になって……。この奇跡とは決して別れたくない、決して！　想像してみて下さい——妻を裏切ってはいますが、考えられないほどの喜びをもってやっているんですよ、しかも、この裏切りは、妻との関係に何の支障も来さない、何も変わらないんです、何もかも以前のままなんです。でも、私が一人の時には、妻は必要ない、まったく必要ありません。彼女だけです！　私の愛！　彼女とともに過ごしたいんだ、自分の最後の数日を、数週間を、数か月を、それは神だけがご存じだ、もしかしたら、あと数時間かもしれません。彼女は私に力を与えてくれ、若さをよみがえらせてくれる、彼女が、彼女だけが、私が穏やかに死ぬのを助けてくれる……。こんなことが妻にできるでしょうか？　彼女だけですよ、私の愛だけだ！　だから裏切るのです！

マリア　あなたが二十五かそこらの娘さんと奥様を裏切っているかもしれないなんて、誰も知りませんよ。

ユルゲン　行ってしまうのですか？

マリア　時間ですから。ごきげんよう。

ユルゲン　また会いましょう。

マリア　もちろんです。

23　マリア

マリア　息子よ！　力がどんどん減っていくの……。どんどん弱ってきている気がするわ、自分の体を動かすのもやっとなのよ……。ありがとう、頭はまだ動いてるわ。もっとも、いつもしっかりと動くとは言えないけどね。私ね、もうはっきりとわかっているのよ、ここの人は皆——医者も患者も——私の気が変になったと思っているのよ。あの人たちはね、あなたが私の妄想だと思っているの。どうしてそんなふうに思うのかしら？　理解できないわ。誰が彼らにそんな権利を与えたの？　恐ろしい。いえいえ、そのせいじゃなくって、ただ……心臓が痛むのよ。でも心配しないでね、すぐにおさまるわ、すぐにおさまるから。私はあの人たちのことなんて何とも思っていないわ、好きに思わせていればいいのよ。自分で自分の頭をひっこ抜いたり、心臓をひっくり返したりはできないんだから。解剖医がやってくれるでしょう。私の胸の中、私の頭の中に、あなた以外に何もなかったって証明できるのは解剖医だけよ。もしあなたがいないんだとしたら、私はとうの昔に墓の中に横たわっていたことでしょう。最初の手術の後に彼らは言ったのよ、私が死ぬって。でも三度目の手術の後も死ななかった。なぜって、あなたがそばにいてくれたからよ。あなたが私の胸の中にいるってことを、こんなに長いこと気づかなかったなんてバカだったわ。こんなにも長いこと。バカだわ、バカな婆さん！　ずっと駆けずり回ってあくせくして、働き続けて、大切なことが、いちばん大切なことが見えていなかったなんて。流れて消えた私の赤ちゃん、赤ちゃん！　あなたは私の頭の中にいたのよ！　こんなにも長いこと、ほとんど老人になるまで。あなたはどこにも流れてなんていかなかったんだわ、あなたはいつも私と一緒にいてくれたの！　ありがとう、私の小さな坊や、私を立ち止まらせてくれてありがとう、私の人生を彩ってくれてありがとう、私を本当に幸せにしてくれてありがとう。毎日、あなたの心配をしながら、私自身が救われているのよ。毎日、あなたが私に力をくれているって感じているの！　私の小さな息子、あなたは私に人生をくれたの、素晴らしい感情に満ちた人生を！　特別に肯定的な感情だけを私に与えてくれた、数日どころか、何年間も！　私があなたといてどれだけ幸せか、あなたには想像もできないでしょう！　あなたを愛してるわ、私の息子よ！　心臓がとても痛い！　どこかそのへんにナースコールが……。あ、来てくれたのね！　すごく嬉しい！　あなたが私の手を握ってる、あなたの体の温《ぬく》もりを感じる！　ミハエリ！　ああ、幸せ、なんて幸せなの！

音楽が鳴る、マリアの周りで病室のベッドや小机、その他の調度品が、驚くべき呪いにかかったようなワルツに合わせて踊り出す。

――幕――

独楽《こま》、あるいはそんなことありえない（終わらない喜劇）

登場人物

パーヴェル
スヴェータ
レーナ
ニーナ

1DKの部屋　玄関

パーヴェルがドアを開ける、スヴェータが入ってくる。

パーヴェル　スヴェータ！
スヴェータ　こんにちは、パーヴェル。
パーヴェル　来てくれて嬉しいよ。（抱きしめようとする）
スヴェータ　私、まじめな話があって来たのよ。（部屋に入っていく）
パーヴェル　スヴェータ……（彼女の後を追う）さあ、座って……。
スヴェータ　パーヴェル……。
パーヴェル　すごく幸せだよ、来てくれて、君のことを考えていたところなんだよ……。
スヴェータ　待って。
パーヴェル　でもずいぶんと突然じゃないかな、来てくれるのはいいんだけど……。
スヴェータ　確か、あなたが今日って言ったのよ。
パーヴェル　そうだっけ？
スヴェータ　忘れたの？
パーヴェル　君は来ないんじゃないかなって……。

スヴェータ　私は来ると言ったら来ます、それ以外はないわ。
パーヴェル　でもね……。
スヴェータ　十年間も同じクラスだったのに理解していないのね。私は約束したことはちゃんと守ります。私は一度も約束を破ったことはありません。私は……。
パーヴェル　君はえらいよ。（抱きしめようとする）
スヴェータ　待って。
パーヴェル　スヴェータ！（キスしようとする）
スヴェータ　あなたはどうしても理解しようとしないのね……。
パーヴェル　したくないよ。
スヴェータ　私がまじめな話をしに来たということを理解する気がないのね。
パーヴェル　あとにしようよ。
スヴェータ　いいえ、今すぐよ。
パーヴェル　じゃあ聞くよ……。
スヴェータ　あなた、一秒もじっとしていられないの？
パーヴェル　いられない。
スヴェータ　では帰ります。
パーヴェル　分かったよ、一秒じっとしてるよ。

スヴェータ　パーヴェル……。
パーヴェル　はい、一秒経った。
スヴェータ　帰ります。
パーヴェル　もうやらないよ。黙るよ。話してくれ、聞くから。スヴェータ。
スヴェータ　私、あなたにお説教なんかしたくないの、もう子どもじゃないんだから。でもね、見て見ぬふりをするわけにもいかないのよ。パーヴェル、あなたのような生き方はいけないわ。あなたはもう大人なのよ……。

電話が鳴る。

パーヴェル　ちょっと、ごめん。（受話器に向かって）もしも……ああ、君か？　いや、なんでだよ？　いいかな、そういうわけなんだ……。いや、誰もいないよ、僕ひとりだ。本当だよ……。（部屋の向こうの隅に受話器を置き、パーヴェルは会話を中断しようとしている様子）母さんだったよ。誰かいるのって聞くんだ。話を続けて、全部覚えてるよ。「あなたはもう大人なのよ」だったね。
スヴェータ　あなたはもう大人なのよ、パーヴェル……。

電話が鳴る。

パーヴェル　気にしなくていいよ、どうせまた母さんだから。

スヴェータ　お母さまと話したくないの？

パーヴェル　もう話は済んだよ。「あなたはもう大人なのよ」。

スヴェータ　私、お母さまとお話ししたいわ。（電話に手を伸ばす）

パーヴェル　だめだよ、僕が出たほうがいいよ。（スヴェータよりも早く受話器をつかみ、受話器に向かって言う）言っただろ、誰もいないって、いないんだよ。

スヴェータ　どうして嘘をつくの？　ちょうだい、私、あなたのお母さまとお話がしたいの。

パーヴェル　（受話器に向かって）分かっただろ。男の声じゃないか。僕の声だよ、僕の。

向こうの隅にまた受話器を放り出す。

パーヴェル　信じてくれないんだよ。まったく母親ってのは喋りだすと止まらないんだから。だから君も喋ってるのかな？

スヴェータ　なぜ大学を辞めたの？

パーヴェル　スヴェータ。

スヴェータ　いいわ、じゃあこの件に関しては、あなたのお母さまとお話ししますから。こっちに来ないで。
パーヴェル　できないよ。君がここにいるだけで、僕は死にそうなんだから。
スヴェータ　甘え過ぎよ。子どもみたいな真似をして。
パーヴェル　そうだよ。
スヴェータ　自分のベッドすらきれいにできないで。
パーヴェル　君を待ってたんだよ。
スヴェータ　私にやれというの？
パーヴェル　逆だよ……。
スヴェータ　だから私とつきあっているわけね。
パーヴェル　愛してるからだよ。
スヴェータ　愛というのはね、パーヴェル、ベッドの上のことだけではないのよ。愛というのは、なによりもまず、清潔なものなの。あなたときたら、いかにもみっともない独身生活をして……。
パーヴェル　スヴェータ……。
スヴェータ　独身というのはね、男らしいという意味ではないのよ。文学作品を思い出してごらんなさい。トルストイ、チェーホフ、ゴーリキーでもいいわ。彼らが描いた独り者たちのことをどう思う？
パーヴェル　『どん底』だね。
スヴェータ　そうね、あなたもどん底にいるわね。もうおやめなさいね。
パーヴェル　スヴェータ。
スヴェータ　気づくのよ、パーヴェル、まだ遅くはないわ。良くない兆候だということを知ることよ。最新の「文学欄」に……。新聞は読んでる？
パーヴェル　何のために、新聞なんか？
スヴェータ　最新の「文学欄」に書いてあったの、人間はいかにして堕落するのかとね。賢くて、才能のある女性が……。
パーヴェル　それが僕と何の関係が？
スヴェータ　あなたのことよ、パーヴェル。賢くて、美しくて、才能ある女性が、目の前でなんだか分からないものに変身したのよ。すべては大学時代に始まったのよ。彼女はあなたと同じく大学を去った……。
パーヴェル　一度だけでいいからキスさせてよ、それから好きに話していいから。（キスをする）
スヴェータ　パーヴェル。
パーヴェル　スヴェータ。
スヴェータ　パーヴェル。

パーヴェル　愛してる。
スヴェータ　また、もう。彼女は大学を辞めたのよ……。

ドアのベルが鳴る。

パーヴェル　そりゃ正しく振舞ったってわけだ。（スヴェータにキスしようとする）
スヴェータ　聞こえないの？
パーヴェル　聞きたくないんだ。（玄関へ行き、ドアを開ける）

レーナが入って来る。

レーナ　パーヴェル！
パーヴェル　レーナ?!
レーナ　パーヴェル！
パーヴェル　こんにちは、レー……。
レーナ　どうしたの、パーヴェル？
パーヴェル　どうしたって？　こ、こんにちは、レー……。

レーナ　具合が悪いの？
パーヴェル　僕？
レーナ　まあ、具合が悪いのね？
パーヴェル　いや、僕は……。
レーナ　パーヴェル、あなた本当に具合が悪いのね！
パーヴェル　いや、元気だよ、と、とっても、う、嬉しいよ、来てくれて、ま、まったく思いがけないよ……。
レーナ　思いがけない？　熱があるの？
パーヴェル　分からない。
レーナ　熱があるのよ。だって、あなたが今日おいでよって言ったんじゃない。
パーヴェル　今日？
レーナ　あなた、真っ青よ。
パーヴェル　分かってるよ……。
レーナ　何か食べたの？
パーヴェル　いや、僕は……。
レーナ　すぐに寝たほうがいいわ。（部屋に行く）
パーヴェル　レーナ、レーナ……。

レーナの後につづいてパーヴェルが部屋に入る。

（間）

スヴェータ　こんにちは。
パーヴェル　えっと、こちらはレーナ……。
スヴェータ　はじめまして、スヴェータです。
パーヴェル　スヴェータは——同級生なんだ。
レーナ　こんにちは。
スヴェータ　こんにちは……。
レーナ　パーヴェルはとっても具合が悪くて、お腹が減っているの……。
スヴェータ　はあ？
パーヴェル　いや、僕は……。
レーナ　ごめんなさい、私、お邪魔しちゃったみたいね……。
スヴェータ　とんでもない、私がお邪魔していたのよ。（出ていこうとする）
パーヴェル　どこに行くの？
スヴェータ　キッチンよ。（出ていく）

パーヴェル　ああ……。
レーナ　私のことをもう愛していないの？
パーヴェル　愛してないだって?!　とんでもない、どうしてそんなこと思うんだよ?!　言ったじゃないか、彼女は同級生だって！　同じ学校だったんだよ！　十年生まで！
レーナ　本当？
パーヴェル　なんのために君に嘘をつく必要があるんだよ？
レーナ　じゃあ私のこと愛してる？
パーヴェル　レーナ！
レーナ　パーヴェル！
パーヴェル　僕は君がいなきゃ生きていけないんだよ！　分かってくれなくちゃ、彼女は同級生なんだから……。
レーナ　分かってるわ、あなたを信じてるもの……。だけど、本当に私を愛してる？
パーヴェル　可愛いレーナ！
レーナ　パーヴェル！　もっと言って。
パーヴェル　毎秒だって言えるよ。
レーナ　パーヴェル！
パーヴェル　愛してるよ！

レーナ　パーヴェル！
パーヴェル　愛してるよ！（キスをする）
レーナ　彼女、キッチンにいるのよ！
パーヴェル　くっそう、忘れてた！　気が変になりそうだ！
レーナ　パーヴェル、愛してるわ！
パーヴェル　レーナ！　これだけは分かっててくれよ。僕は君を失いたくない、君なしでなんか生きていたくない、君がいなくなったら、僕もいなくなる！　君は、君の声、君の眼、君の不安、君の愛撫が、僕には命よりも必要なんだ！
レーナ　愛してるわ！

パーヴェルはレーナにキスをしようとする。

レーナ　キッチンにいるのよ！
パーヴェル　おっと！
レーナ　あなた、本当に具合が悪いのね。
パーヴェル　元気だよ、レーナ。
レーナ　分かるのよ。だってベッドで寝ていたんでしょう？

パーヴェル　ああ……。
レーナ　横になって、私、何か食べるものを作るわ。こんなに痩せちゃって！
パーヴェル　待って……。
レーナ　でもどうして彼女、あなたの同級生は何も食べさせてくれないのかしら？
パーヴェル　彼女は勉強ばっかりの子でね、料理はできないんだよ。
レーナ　お茶を入れる？　ううん、だめね！　あなたには体力が必要だわ、どうすれば、こんなに痩せてる人に体力をつけてあげられるかしら！
パーヴェル　行かないでよ。
レーナ　だめよ、パーヴェル！
パーヴェル　レーナ！

キスをする。

レーナ　横になって。(出ていく)
パーヴェル　レーナ！

ドアのベル。

パーヴェル　また、誰だよ！（出ていく）

玄関

パーヴェルがドアを開ける。
ニーナが入ってくる。

パーヴェル　あ、ニーナ……。
ニーナ　嬉しくないわけ？
パーヴェル　なぜだよ？　すごく嬉しいよ……。
ニーナ　分かるんだから。
パーヴェル　本当にすごく……。
ニーナ　誰かいんの？
パーヴェル　うちに？
ニーナ　誰？
パーヴェル　何？

ニーナ　なんで部屋に入れてくんないの？
パーヴェル　部屋に？　部屋に入りたいの？
ニーナ　他にどこに入りたいっていうわけ！（部屋に入っていく、パーヴェルは後を追う）どこにいんの？
パーヴェル　誰が？
ニーナ　ここに寝てた人。
パーヴェル　ここに寝てたのは僕だよ。
ニーナ　誰と？
パーヴェル　ニーナ、一人でだよ。
ニーナ　昼寝なんかしたことないでしょ。
パーヴェル　具合が悪いんだ……。
ニーナ　誰よ？　どんな女?!
パーヴェル　ニーナ、何を言ってるんだよ……。ここには女の人なんていないよ。
ニーナ　女?!
パーヴェル　ニーナ……。
ニーナ　うんざり！　どこにいんの?!
パーヴェル　ニーナ、なんだってやきもちなんか妬くんだよ、僕が愛してるのは君じゃないか。

ニーナ　やきもちなんか妬いてない。
パーヴェル　落ち着いてよ、お願いだから。
ニーナ　私が電話したときにここにいたのは誰よ？
パーヴェル　ここにいた？
ニーナ　女の声が聞こえたんだからね！
パーヴェル　ここにいたのは……ここにいたのは……母さんだよ。母さんが来てたんだ。もう帰ったよ。それから……同級生も来たかな。
ニーナ　何だって?!
パーヴェル　彼女は同級生なんだよ、ニーナ。
ニーナ　彼女？
パーヴェル　母さんと一緒にいたんだよ、分かるだろ？　一緒にいたんだ！　彼女一人がここにいたっていうんなら、君が嫉妬するのも分かるけど、二人だったんだよ、ニーナ！
ニーナ　ここに？
パーヴェル　キッチンにだよ……。
ニーナ　布団は？
パーヴェル　布団は出してないよ！
ニーナ　でも昨日は出してたよね。

パーヴェル　昨日は君を待ってたからだよ、全部片づけたよ。
ニーナ　じゃあ、今日は誰を待ってたわけ？

（間）

パーヴェル　今日って約束だったっけ？
ニーナ　だから来たんでしょ。
パーヴェル　ありがたい。
ニーナ　何が？
パーヴェル　君が来てくれたことがだよ。
ニーナ　ほんと？
パーヴェル　もちろんだよ、ニーナ。僕は君なしじゃいられないんだ、分からないの？　君には嫉妬する理由なんかなんにもないよ、僕は君のものだ。抱きしめてくれよ、なんで、僕を信じてくれないんだよ？　嫉妬するってことは、信じていないってことだよ。僕は君を信じてるよ。君が僕を愛してるってことも理解してるし、君が……。
ニーナ　男は女とは違うようにできてんでしょ。
パーヴェル　みんな同じにできてるよ。

ニーナ　女は一人しか愛せないの。
パーヴェル　僕だって……男だって……。

スヴェータが入って来る。

スヴェータ　パーヴェル……こんにちは……。
パーヴェル　こちらは、僕の同級生のスヴェータだよ。

（短い間）

パーヴェル　こちらはニーナ、えっと……。
スヴェータ　ずいぶんといきなりね。
パーヴェル　聞こえなかったんだね、玄関のベルが鳴ったのに。
スヴェータ　ヘリコプターに乗っているのではないということは理解しているわ。
ニーナ　（パーヴェルに）タイミング悪かった？
パーヴェル　なんでだよ、逆だよ、今からお昼なんだ。さあ、座って……。
ニーナ　お腹なんか減ってないけど。

スヴェータ　お近づきのしるしよ。
パーヴェル　ニーナ、実は……。
スヴェータ　レーナを手伝ってくるわ。（出ていく）
ニーナ　きれいな同級生がいるのね。
パーヴェル　そう？　全然きれいじゃないよ。僕のタイプではないなぁ。
ニーナ　どんなタイプが好きなわけ？
パーヴェル　ニーナ……。

レーナが入って来る。

ニーナ　どんなタイプ?!
レーナ　パーヴェ……えっ……。
パーヴェル　こちらはレーナ……こちらはニーナ……。
ニーナ　まあ、素晴らしい、さようなら。
パーヴェル　ニーナ。
ニーナ　私、行かないと。
パーヴェル　どこにも行かせないよ。レーナ、君からも彼女に言ってよ。

レーナ　もちろんよ……行かないで……。
パーヴェル　みんなでお昼にしようよ。四人で。ね、レーナ？
レーナ　もちろん……。
ニーナ　無理。
レーナ　準備してくるわ……。（出ていく）
パーヴェル　また嫉妬してるの？
ニーナ　あの娘に？
パーヴェル　やれやれ。じゃあ、スヴェータにかい？
ニーナ　違うわよ。
パーヴェル　そりゃよかった、行こう。
ニーナ　お腹なんか減ってないんだってば。
パーヴェル　あっちで準備ができてるんだってば。
ニーナ　いやだ。
パーヴェル　行こうって言ってるんだよ。（ニーナの手をとって出ていく）

キッチン

全員がそれぞれの席に着く。レーナは料理を並べてから席に着く。

パーヴェル　さあ、全員集合だ。
スヴェータ　もうどなたもいらっしゃらないのかしら?
パーヴェル　もう来ないよ……。
ニーナ　私はたまたまよ。通りかかったもんだから、寄ってみようかなと思って。
レーナ　パーヴェル、食べて。痩せすぎなんだもの。
ニーナ　私は要らない。
レーナ　でも……。
ニーナ　要らない。
スヴェータ　とってもおいしいわよ。
パーヴェル　ほんとうだよ、ニーナ。
ニーナ　欲しくない。
レーナ　ねえ、私すごく頑張って作ったのよ、とても作りたかったの……。食べてみて……。
ニーナ　おしまいよ、帰る!（立ち上がり、出ていく）

パーヴェル　ニーナ。（後を追って出ていく）ニーナ。

玄関

パーヴェル　ニーナ！
ニーナ　あの人たちと一緒にいなきゃいけないわけ?!　他に何をしたいわけ?!　私は、あんたのために、他に何をしなきゃいけないわけ?!
パーヴェル　頼むよ……。
ニーナ　まさか、パーヴェル……。
パーヴェル　ニーナ！
ニーナ　あんたはいつだって自分の好き勝手にして！　それであとで、私を愛してるって言うつもりなんでしょう！
パーヴェル　でも本当のことなんだよ。
ニーナ　いい加減にして！　何もかもうんざり！　さよなら。
パーヴェル　ニーナ！　いったいどうしたんだ?!　だめだよ！　そんなこと言わないで！　ニーナ！　彼女たちならすぐに帰るから、ただの知り合いなんだよ……ニーナ！
ニーナ　まさか、パーヴェル……。

パーヴェル　ニーナ！
ニーナ　選びなさいよ、いい、選んで。ただの知り合いなのか……。
パーヴェル　ニーナ！
ニーナ　知り合いの女たちなのか、私なのか。
パーヴェル　君だよ！　君に決まってるじゃないか、ニーナ！
ニーナ　私はおもちゃじゃない、私は人間よ、生きた人間！　なのにあんたは、私を首輪でつないで苦しめてるってわけ！
パーヴェル　何を言うんだよ……。
ニーナ　あんたのそういうとこ、知りたくもない！
パーヴェル　じゃあ僕はどうすればいいんだ！
ニーナ　知るわけないでしょ！（出ていこうとする）
パーヴェル　ニーナ！
ニーナ　あんたがどうしたらいいかなんて分からない、分かるわけないでしょ！
パーヴェル　結婚してくれないか？
ニーナ　そういう問題じゃない、そうじゃないでしょ。
パーヴェル　でも、ともかく、結婚してくれ。
ニーナ　分からない、したくない。

パーヴェル　ニーナ。帰らないで、お願いだ、帰らないでくれ！　君が帰るなんて僕は……帰らないでくれ、ニーナ！　許してよ、彼女たちが君になんの関係があるんだよ？　月曜日になったら婚姻届けを出そう、ね？　帰らないで、お願いだよ！

ニーナ　なんで私が苦しまなきゃいけないわけ？　なんでここにいなきゃいけないわけ？

パーヴェル　じゃあ、君はこっちの部屋にいて……。

ニーナ　いやだ。

パーヴェル　ニーナ！

ニーナ　あんたには私のつらさが分からないのよ、私が苦しんでいるのが分からないの！　それとも、こんなことを私が喜ぶとでも思ってんの？

パーヴェル　彼女たちを追いだすようにするから、ニーナ！

ニーナ　じゃあ、考えてよ、私に責任はないんだから。

パーヴェル　ニーナ！　ありがとう！　すごく嬉しいよ！　君には驚くなぁ……。（部屋に向かう）

ニーナ　月曜日になったら結婚登録所に行こう。いいよね、絶対に行こうね。

ニーナ　お願いだから、早く彼女たちを追いだしてよ、じゃないと私……。

パーヴェル　ニーナ！（出ていく）

キッチン

パーヴェル　ええっと、お嬢さまがた……。
スヴェータ　食事が冷めてしまうわよ。
パーヴェル　いや、僕は……。
レーナ　食べてよ、パーヴェル。
スヴェータ　そうよ、パーヴェル、食べなさい。
レーナ　きっともう冷めちゃったんじゃない、ね？　温め直してあげる……。
パーヴェル　いや、いいよ、平気だよ。
スヴェータ　もしかして、あなた本当に具合が悪いんじゃなくて？
レーナ　もちろんよ、私が言ってるでしょう……。
スヴェータ　治療したほうがいいんじゃないかしら、パーヴェル。
レーナ　お医者さんを呼ぶ？　電話するわ……。
パーヴェル　元気だよ。
スヴェータ　そうね、医者は呼ばなくてもなんとかなるんじゃないかしら。
レーナ　でも……。食べて、パーヴェル。
パーヴェル　ああ……。（食べる）

スヴェータ　パーヴェル、あなたずいぶんと長いこと私たちをほったらかしにしていた気がしない？　失礼よね。
パーヴェル　ああ……。
スヴェータ　女性が帰るときは見送らなければいけないものよ……でも、そんなに時間はかからないはずでしょう。（レーナに）そう思わない？
レーナ　そうね……。
スヴェータ　それから、忘れないでおいて、あなたは男性です、男性というのは常に男性でなければいけないわね。
パーヴェル　でも僕は……。
スヴェータ　私が言っているのは、あなたは私たちのことを忘れてはいけなかったということ。ニーナさんを見送るのにどれだけ時間がかかったのかしら……。家まで送って差し上げたの？
パーヴェル　いや、彼女はあっちの部屋にいるよ。
スヴェータ　私たちはバカみたいにここに座っていたというわけね……。
パーヴェル　スヴェータ……。
スヴェータ　それはひどいわね、パーヴェル。
パーヴェル　ああ。

スヴェータ　私は、あのお嬢さんが、あのニーナさんというお嬢さんがどんな方なのか存じ上げませんけど、でも彼女もずいぶんと失礼じゃないかしら。たいした理由もないのに突然、席を立ったりして……。食べなさい、パーヴェル。
パーヴェル　うん。
スヴェータ　他人の労働に対する敬意というものがあるでしょう……。なぜ食べないの？
パーヴェル　食べてるよ。
レーナ　温め直したほうがいい？
パーヴェル　大丈夫だよ、ありがとう。
スヴェータ　そう。
レーナ　おいしくない？
スヴェータ　すごくおいしいわ、レーナ、あなた、天性の料理の天才よ。どうしたらこんなにおいしく作れるのか分からないわ。食べなさい、パーヴェル。
パーヴェル　食べてるよ。
スヴェータ　もっと食べなさい。もちろん、食べることに注意をすべて向ける必要はないけれど、でも、功績は認めなければね。これは労働よ、忘れないようにね、パーヴェル。私は必要不可欠なことだと思っているの。
パーヴェル　食べてるよ。

スヴェータ　ニーナのことよ。
レーナ　もしかしたら、彼女、お腹いっぱいなのかも？
スヴェータ　そういう問題ではないのよ、レーナ。私だってお腹いっぱいよ、でも食べてるわ。
それも、喜んで食べているでしょう。おいしいもの。
レーナ　ありがとう。
スヴェータ　そういう問題ではないのよ。他人の労働を評価できなければいけないということよ。
だって、レーナ、あなたが同じような状況にいたらどうする？
レーナ　私？
スヴェータ　全然おいしくなかったとしても、あなたなら全部食べるだろうと百パーセント確信
しているわ。
パーヴェル　すごくおいしいよ。
スヴェータ　ほら……。
パーヴェル　僕から彼女に食べるように言おうか？
スヴェータ　今はあなたのことを言っているのよ、パーヴェル。
レーナ　電話を借りてもいい？
スヴェータ　電話は廊下よ、レーナ。
パーヴェル　もちろんだよ、だめなわけがないよ……。

レーナ　ありがとう……。（出ていく）
パーヴェル　君は、今日はずいぶんと厳しいね。
スヴェータ　私はいつだって同じよ、私はころころ変わったり、偽ったりはできないの……。
パーヴェル　僕も偽ったりしてないよ。
スヴェータ　あなたはおかしな行動をとるでしょう。
パーヴェル　食べてるよ、食べてる。
スヴェータ　そのことじゃないわ。全部分かってるのよ、パーヴェル、私はもう何年もあなたのことを知っているんですから。あなたは私にとっては身内みたいなものよ、いちばん身近な人なの。あなたが何をしたいか、何を考えたくないか、言われなくても分かるの。だからもう分かっているの。でも、今日起きていることは、私の理解を超えているわ。
パーヴェル　何も起きてなんかいないよ……。
スヴェータ　お客様がいらっしゃるということを前もって教えてくれればよかったのに。
パーヴェル　知らなかったんだよ……忘れてたんだ……。
スヴェータ　ありうるわね。きっとそういうことなんでしょうね。でもね、私が言っているのは、あなたの振る舞い方のことよ。パーヴェル、忘れてはならないことというものがあるでしょう。それともなにかしら、あなたの昔の恋人と知り合いになれて私が喜ぶとでも思っているの？　それはずいぶんと品がないわね。こんなことはこれで最後にしてちょうだいね。どんな昔の人ともね。聞いてるの？　どんな関係にも誠実でなければいけないわ。それとも、彼女のことをまだ愛してるの？

パーヴェル　誰のことを？

スヴェータ　嫉妬しているわけじゃないの、私はそんな人間ではありません。ごく最初の頃には嫉妬に似た感情もあったけれどね。でも、似ていたというだけ。道徳のような観念があるでしょう。つまり、あなたの振る舞いは不道徳的だということ。

パーヴェル　どの振る舞いが？

スヴェータ　あなたがやるべきことは――不道徳と闘うことよ。分かっているのよ、彼女への愛が冷めてしまったことを謝罪していたのだろうということは。でも、私のことを忘れてはいけないでしょう。私を脇へ放っておくというのはいけないわ。自分の同志に、自分の恋人に、義務と良心と誠意を思い出させないわけにはいかないの。道徳って何、パーヴェル？　我々は人間よ、我々は自分を一定のしっかりとした枠に嵌め込んだの、その枠を、我々の社会における礼儀というルール、振る舞い方のルールと呼ぶことにしたのよ。

パーヴェル　スヴェータ……。

スヴェータ　私の言うことをしっかりと理解しなさい。だってなによりもまず、あなたが彼女に対して不誠実なんですからね。あなたは彼女を苦しめたのよ。彼女は嫉妬して、自分の居場所を見つけられずにいる……。彼女を助けてあげるかわりに……。

パーヴェル　努力はしたんだよ……。
スヴェータ　だいたいいつもそうね、パーヴェル、これまでの誰にたいしてもね。
パーヴェル　そうだね。
スヴェータ　私は、こんな初歩的な振る舞い方の規範のことなんてもう話したくないの。でも、どうしたってあなたには必要なんだもの、倫理とかエチケットとかのことを言わなきゃいけないんだわ……。
パーヴェル　そうだね。
スヴェータ　レーナのことを言っているのよ。レーナは何者なの？
パーヴェル　レーナ？　なんだって？　いや、レーナは……。
スヴェータ　昔の彼女じゃないということは分かるわ。変わった子ね、ねえ、私、彼女のことは好きよ。とてもいい子だわ。ちょっと変わってますけどね。どういう方なの？　以前からのお知り合い？
パーヴェル　えっと、それほどでも……。
スヴェータ　いつもあんな感じなの？
パーヴェル　どんな感じ？
スヴェータ　あの手の人に接するのはすごく用心してしまうわ。
パーヴェル　僕もだ。

スヴェータ　ああいう方たちって可哀想ね。自分の小さな世界の中に生きていて……。哀れな方だわ。

レーナが入って来る。

スヴェータ　どうだった、繋がった?
レーナ　ありがとう、だめだったわ。
スヴェータ　ねえ、パーヴェルはあなたの料理がすごく気に入ったそうよ。
パーヴェル　ああ。
レーナ　ありがとう。パーヴェル、もっと食べる?
パーヴェル　いや。
スヴェータ　私、あなたのことがとても好きだわ、レーナ。
レーナ　ありがとう。
スヴェータ　さあてと、パーヴェル……。（レーナに）ごめんなさい、ちょっと話があるの。
レーナ　ええ、もちろん。（出て行こうとする）
スヴェータ　違うの、違うのよ、あなたは邪魔じゃないの。
レーナ　私、電話しないと。（出て行く）

スヴェータ　さあてと。私たちは道徳と義務と良心の話をしていたのよね……。パーヴェル、これからあなたに話すことは、あなたと自分自身と社会に対する私の義務だと思っています。こういうことよ――あなたの生活の落ち着きの無さ、乱れた生活は、独身生活のせいだわ。もうこんなこと、手をこまねいて見ているわけにいきません。月曜日になったら婚姻届を出しに結婚登録所に行きましょう。聞いてるの？

パーヴェル　スヴェータ！　信じられないよ！　結婚登録所バンザイ！　結婚登録所に行こう！月曜日に！　月曜日？　ちょっと待って……。

スヴェータ　月曜日は都合が悪いの？

パーヴェル　都合はいいんだけど、ただ……。

スヴェータ　じゃあ、なんなの？

パーヴェル　ええっとね……こういうことなんだ……。時間がないかもしれないんだ。

スヴェータ　時間がない。

パーヴェル　火曜日にしないか？

スヴェータ　月曜日よ、パーヴェル、月曜日だわ。独身生活はもう十分。私があなたの面倒を見ます、覚悟してちょうだい。

レーナが入って来る。

レーナ　ごめんなさい……。

スヴェータ　入って、入って、レーナ。あなたがいない間に、私たち、ビッグニュースがあるのよ。ねえ、パーヴェル？

パーヴェル　スヴェータ、な、なんだって、僕は……。

スヴェータ　いいの、いいのよ。私、ニーナを慰めてくるわ、でないと可哀想だもの。不幸なことばかり考えて死んでしまうわ。（出ていく）

レーナ　パーヴェル！　やっと二人きりになれたわね！

パーヴェル　レーナ！

レーナ　具合はよくなった？

パーヴェル　なんだって？

レーナ　気分はどう？

パーヴェル　素晴らしいよ。

レーナ　でも、具合悪そうな眼をしてるわ。

パーヴェル　具合悪そう？

レーナ　パーヴェル！

パーヴェル　レーナ！　こっちへおいで。君はなんて素敵なんだ！

レーナ　彼女が来るかもしれないわ。
パーヴェル　誰も来やしないよ。レーナ！
レーナ　私、彼女のせいでひどく疲れたわ。
パーヴェル　誰のせいで？
レーナ　あなたの同級生よ、パーヴェル！
パーヴェル　レーナ！
レーナ　あなたたち、何の話をしてたの、私に話したいことって何だったの？
パーヴェル　レーナ！
レーナ　私に何か話したかったんでしょう。
パーヴェル　何も話したくなんかないよ。レーナ！
レーナ　話してよ。
パーヴェル　何を？
レーナ　話そうとしてたことをよ。
パーヴェル　僕は話そうとなんてしてないよ。
レーナ　でもパーヴェル。彼女、言ってたじゃない、「私たち、ビッグニュースがあるの」って。
パーヴェル　どんなニュースだっていうんだよ？　ああ、神様！　気が変になりそうだ！　死んでしまうよ！

レーナ　パーヴェル！

パーヴェル　レーナ……。そもそもこういうことなんだよ……。君がなんて言うか、なんと思うか分からないけど……。月曜日に……いいかい、月曜日に結婚登録所に行こう。

レーナ　パーヴェル!!!　愛してるわ！

部屋

スヴェータとニーナ。

スヴェータ　あのね、人生って、とても難しいものよ……。

ニーナ　は？

スヴェータ　時に人を理解するのは難しく、時に自分自身すら理解できず、もはや十八世紀や十九世紀というわけでもないのに。いえ、だからこそ私たちは誤りを犯すのだわ。毎日のように誤りを犯す。それを自覚している時もあるけれど、していない時もある、そうして無意識に失敗を犯す、後になってようやく……。

ニーナ　あなたも誤りを犯すの？

スヴェータ　私？　私だって人間だもの、人間は……。

ニーナ　私、考えてたんだけど……。
スヴェータ　パーヴェルはあなたのことをすごく評価しているわ。あなたのことをすごく誉めているのよ……。人生って……。人生ってこんな複雑なダンスを踊るものなのよね……。
ニーナ　人生は歩いていくもんで、踊りゃしないわよ。
スヴェータ　ねえ、私の友だちがね、恋をしたのよ。彼も彼女を好きになった。二人はとっても幸せだったの。でも時が過ぎて……。
ニーナ　分かる、よくあることよ。
スヴェータ　彼女が可哀想で。
ニーナ　すごくね。
スヴェータ　時には勝てないわ。私たちにとって時は、厳しい判事というだけでなく、優しいお医者様でもあるのよ。
ニーナ　いま何時？
スヴェータ　だからこそ、できるだけ簡単に、より穏やかに、不幸を見つめなければ。指を針で刺しても、痛みは長くは続かないわ、五分もすれば、もうそのことは考えもしなくなるでしょう。だから時は……。
ニーナ　あんた、まだここにいる？　どこにも行かないのかって聞いてんの。私、あんたから離れたいんだけど、いい？

スヴェータ　もちろんよ。お近づきになれてとても嬉しかったわ……。感情というのはね、ニーナ、これも時に試されるものなのよ。
ニーナ　そう？　お会いできて光栄だったわ。（出ていく）

キッチン

レーナとパーヴェル。

レーナ　ああ、誰か来たわ。

ニーナが入ってくる。

ニーナ　こいつと話がしたいの。
レーナ　お茶いる？
ニーナ　話がしたいんだってば。
レーナ　ごめんなさい……、私、もしかしたら、あなたが……。
ニーナ　聞いてくれる、話してもいい?!

レーナ　ごめんなさい……。（出ていく）
パーヴェル　ニーナ……、どうしたんだよ？
ニーナ　頼むから、あのバカ女たちをどうにかして！　特に、あの女。あんたは運が悪いわ、あんなのと同じ学校だったなんて！　私、もうちょっとであいつを殺すとこだった！　もうあんな連中耐えらんない！　筋金入りのバカなんだから！
パーヴェル　彼女はバカなんかじゃないよ……。
ニーナ　そう？
パーヴェル　僕が言いたいのはね……彼女は大学院生だってことさ……。
ニーナ　もちろん、私たちには入れないけどね！　物分かりが悪い！　頭の回転があんまり速くないの！
パーヴェル　彼女は悪くないよ、そんな……。
ニーナ　じゃあ、彼女と結婚しなさいよ、彼女がそんなに賢いんだったら！　どうぞ、どうぞ！　彼女と腕組んで、月曜日に結婚登録所に行けばいいじゃない。お幸せに！
パーヴェル　なんだって？
ニーナ　彼女すてきだもんね、さあ、行ってらっしゃいよ。
パーヴェル　ニーナ。
ニーナ　やめてよ、充分よ。

パーヴェル　僕のことを愛してる？
ニーナ　いいえ！　もう愛せない！　私は彼女を愛してんの！　あんたのお利口さんをね！
パーヴェル　ニーナ。
ニーナ　彼女たちを追いだすって約束じゃなかったっけ。
パーヴェル　うまくいかなかったんだ……。
ニーナ　うまくいかないってどういうことよ？　私が追い出せばいいの？　喜んでやりますけど！
パーヴェル　僕は君がいないと生きていけないよ。
ニーナ　私はね、彼女がいないと生きていけなーい。

（間）

パーヴェル　彼女は友達だよ。もう何年も知り合いなんだ……。嫉妬しないでよ、お願いだから。僕は君と婚姻届を出すっていうのに、嫉妬なんてなんの意味があるんだい。
ニーナ　誰と出すのかなんて分かりゃしないわね。
パーヴェル　どういうことだよ?!
ニーナ　ああ、パーヴェル……。私、出せない、出せない！　ずっとそんな気がしてた、ずっと思ってた……。

パーヴェル　ニーナ！

部屋

レーナとスヴェータ。

レーナ　彼女、私を追い出したのよ！
スヴェータ　動揺することはないわ、精神の動揺は軽率な行為を招きます。心の穏やかな状態だけが、正しい状況判断を可能にするの。
レーナ　でも、私は彼女に何もしていないのに、なのに彼女は私を……私を……。
スヴェータ　彼女はあなたに嫉妬しているのよ。
レーナ　彼女が?!　彼女、何者なの？
スヴェータ　昔の彼女よ。すごく嫉妬深いの。なんにでも嫉妬する人というのがいるのよ。そういう人は無生物にだって嫉妬できるのよ。
レーナ　どうやって？
スヴェータ　さあ、分からないけど……彼女、椅子が気に入らなかったのかもしれないわね……捨てるかもしれないわ、だってあなたが座っていたのだものね。

レーナ　私が？
スヴェータ　でもね、時が来れば、彼女も理解するわ。嫉妬など無駄で無意味でもう手遅れだと。彼は彼女を愛していなくて、愛されてた時はもう遠い山の彼方に去ってしまったのだと。
レーナ　月曜日ね。
スヴェータ　彼、言ってくれたのね、良かった。
レーナ　すごく突然だったの……すごく嬉しかった！
スヴェータ　正直言って、私もよ。でも、どうしたら彼女の悲しみがあまりつらくならずにすむか、どうやって助けてあげるべきかを考えないと……。
レーナ　私、今でも信じられないわ！
スヴェータ　彼、自分の口からは決して言わないでしょうけど。実は、私なのよ、分かってね、レーナ……。
レーナ　あなたなの?!
スヴェータ　将来に賭けて……。
レーナ　スヴェータ、あなた、あなたなのね！
スヴェータ　私、まず第一に彼のことを考えたのよ、レーナ。
レーナ　なんてこと！　知らなかったわ……私、……私。あなたにキスしていい？
スヴェータ　美しい心だけが、そんなふうに他人の幸せを心から喜ぶことができるものよ。

レーナがスヴェータにキスをする。

レーナ　あなたが彼の同級生だなんて素晴らしいわ！

スヴェータ　他にも誠実な人たちがいるわよ。

レーナ　ありがとう、ありがとう、なにもかも感謝してるわ！　私、幸せ！　幸せに感謝してる！　もし私が神様だったら！　あなたのためになんだってするわ！

スヴェータ　私は彼のことを考えただけなのよ、信じてね。

レーナ　もちろんよ！　私だってそうよ！　彼のことだけ！　いっぺんに歌って踊って泣きたい気分！

スヴェータ　泣きはしないでしょう。

レーナ　しないわ！　喜ぶだけよ！

スヴェータ　魅力的な子ね。

レーナ　私、あなたのことをほとんど知らないけど、でももう大好きになったわ。

スヴェータ　どうして「あなた」なんて呼ぶの？

レーナ　スヴェータ！　どうして私、今まであなたを知らなかったのかしら、どうして?!　こんなに、だって、こんなに！　私、あなたにいつもそばにいてほしい！

スヴェータ　それは、難しいわね。
レーナ　いいえ、彼も喜ぶわ、本当よ！
スヴェータ　レーナは、パーヴェルと以前からのお知り合いなの？
レーナ　一年前からよ。友達の誕生日に偶然知り合ったの……。
スヴェータ　私はずいぶん前から彼を知っているわ……。
レーナ　私、誕生パーティに行って彼に出会ったの。すごくかっこよかった！
スヴェータ　パーヴェルはとても才能のある人よ。彼は絶対に勉強すべきだわ、私、なんでもやるつもりよ、彼が……。
レーナ　私もよ！　私もなんでもやるわ！
スヴェータ　才能は伸ばさなきゃいけないわ、だって……。
レーナ　もちろんよ、私もやるわ、一緒にやりましょう！
スヴェータ　いいのよ、あなたはとても魅力的ね。
レーナ　スヴェータ！　もう一度キスしてもいい？

（間）

レーナがスヴェータにキスをする。このとき、パーヴェルが入って来る。

レーナ　パーヴェル！（パーヴェルに駆け寄りキスをする）

パーヴェルはスヴェータのほうを見る。

スヴェータ　パーヴェル、あなた、これからのイベントをお祝いする手立てはある？
パーヴェル　イベント？
スヴェータ　それとも、あなた、結婚の手続には慣れているのかしら？
パーヴェル　いや、僕はただ……。
レーナ　パーヴェル、私、スヴェータが大好きになったの。
パーヴェル　そうなの？
スヴェータ　男の友情しかないと思っているのでしょう？　すべては人物次第、パーヴェル。レーナのような人は、いまどきめったにいないわ。説明するなら……。
パーヴェル　分からないな……。
レーナ　スヴェータは最高よ、最高だわ！
パーヴェル　頭が変になってんのかな。
レーナ　一緒にイベントをお祝いしましょうよ、それとも、嫌なの?!
パーヴェル　頭が変になっちまったな。

スヴェータ　月曜日が大変な日になるという確信はあるのね。
パーヴェル　違うとでもいうのか？
レーナ　スヴェータ、パーヴェル、月曜日を祝って飲みましょうよ！
パーヴェル　どの月曜日だ、誰との月曜日だ?!
スヴェータ　あなたはどうやってお祝いするの？
パーヴェル　気が変になっちまったよ。（出ていく）
レーナ　私もよ。私たちみんな気が変になっちゃったわね！　バンザーイ！

キッチン

パーヴェルとニーナ。

パーヴェル　気が変になっちまったよ。
ニーナ　帰ってくれるって？
パーヴェル　お祝いをするって。
ニーナ　ちょっと、私、彼女たちにはもううんざりなんだけど！　何を祝うっての?!
パーヴェル　分かるかな……君は……彼女たちは……僕は、だってその……彼女たちは月曜日を祝うつもりらしいんだ……。

ニーナ　それから火曜日を祝って、水曜日を祝って……ってやるつもりなんでしょうね。いいえ、パーヴェル、もうたくさん！

パーヴェル　でも月曜日には結婚登録所に行こうよ。

ニーナ　彼女たちはそれを祝ってくれるつもりなの？

パーヴェル　ああ……。

ニーナ　そう?!

パーヴェル　いや、彼女たちは心から……。

ニーナ　そうでしょうね。すごくおもしろい。

パーヴェル　君はどうするの？

ニーナ　祝うわよ。

部屋

スヴェータ、レーナ、ニーナ、パーヴェル。

スヴェータ　（パーヴェルに）それで？

パーヴェル　何？
スヴェータ　何をしに行ったの？
パーヴェル　僕かい？　何をしにって……。ニーナを呼びに……。
レーナ　ニーナ！
スヴェータ　私としては、一緒にイベントをお祝いしたかったのよ。
パーヴェル　イベント？
レーナ　ニーナ、あなた、分からないでしょう……。
スヴェータ　レーナ、そんなこといいのよ、言わないで……。もっと気を使わないと。
レーナ　まあ……。
スヴェータ　ニーナ、あなたは理解する努力が必要だわ。
パーヴェル　もう話したよ……。
スヴェータ　あまり感情的になってはいけないわ、これが人生なのよ、ニーナ……。
ニーナ　おもしろい、じゃあどうすればいいわけ？
スヴェータ　ええ、分かってるわ……。
ニーナ　なに言ってんの？
スヴェータ　でもやっぱり、あなた、お願い……。
ニーナ　あんたたち、私を脅かそうと思ってんでしょ……。

スヴェータ　そんなに大げさにする必要はないわ……。
ニーナ　何言ってんの？　なんで私が「そんなに大げさ」なの?!　この人たち、何言ってんの、パーヴェル?!
パーヴェル　僕が言ったじゃないか……。
ニーナ　これって悲しいこと?!
パーヴェル　分からないいんだ、どうして彼女たちが……。
スヴェータ　あなたの気持ちは分かるわ。
レーナ　ニーナ。
ニーナ　分かんない……私、嬉しいんだけど……私……。
レーナ　パーヴェルを怒らないであげて……。
ニーナ　この人たち頭ヘン?!
スヴェータ　信じてちょうだい、心から言っているのよ。もしいつか、あなたに私の助けが必要なときがきたら、どんな時でも、どんな状況だったとしても……。
ニーナ　いったい何が起きてんの?!　パーヴェル?!　この人たち、私をからかってんの！
レーナ　ニーナ！
ニーナ　（パーヴェルに）なんで黙ってんのよ?!
パーヴェル　分からない……。僕は、月曜日に結婚登録所に行こうって言っただけだ……。

ニーナ　それに何か恐ろしいことでもあるわけ?!
パーヴェル　逆だよ……僕はすごく嬉しいよ……。
ニーナ　私もよ……。
レーナ　私も。
ニーナ　なんで?
スヴェータ　時に人間というものは、完全なる無理解を通して理解に至るということがあるものよ。仕方ないわ、大事なことは、その理解は到達し得るものだということね。
レーナ　みんなで一緒に結婚登録所に行かない?
パーヴェル　一緒に?
ニーナ　なんで?
レーナ　簡単よ、嬉しいからよ……。
スヴェータ　それは無意味よ、レーナ。儀式などというものはいまや消滅したのですからね、遠い過去のことよ。
レーナ　じゃあ結婚式はどうするの?　結婚式はやらなくちゃ……。
ニーナ　嫌よ。
スヴェータ　私の見解を言わせていただけば、それは空虚な時間の浪費です。
ニーナ　嫌な人もいっぱい来るし……。

レーナ　でも、友達とか、両親はどうするの？
スヴェータ　そういったものはすべて虚構です。二人だけでいいわ。
ニーナ　親は呼ぶわ。
レーナ　私はみんなを呼ぶわ。あなたたちもね。来てくれる？
スヴェータ　素敵ね。行かないわけにいかないでしょうね。
レーナ　スヴェータ、あなた、私の保証人になってくれない？
スヴェータ　もちろんよ。
レーナ　パーヴェル、あなたは誰にするの？
ニーナ　保証人なんか探すの簡単よ。
レーナ　ねえ、答えてよ、興味あるわ。
ニーナ　二人で考えるわ。
レーナ　急がないと月曜日なのよ。月曜日まで待てないわ。その後、正式に結婚できるまでどれだけ待たされることか！
スヴェータ　二か月ね。それほど長い期間ではないわ。
レーナ　二か月?!
スヴェータ　あらゆる決定事項は熟慮されなければならないわ、レーナ、ましてや……。
レーナ　二か月！　二か月と三日後に、私、奥さんになるのね！　不思議だわ。信じられない、本当なのかしら？　でも、月曜日から私は彼の婚約者なんだわ！　パーヴェル、愛しい人！　でも、あなたにはまだなんの権限もないんですからね！　不思議な二か月間だわ。なんて素敵なの！　それから、結婚式をするのね。私たち、絶対に結婚式をするわ、そうでしょ？　とっても賑やかなのをね。みんなを呼ぶの、聞いてる、パーヴェル、みんなよ。それから……それから……楽しく暮らすの、仲睦まじく、ね？　我が家にはいつもお客様がたくさんくるの。毎日よ、スヴェータ、毎日来てね、私、あなたがいないとだめだわ。あなたもよ、ニーナ、いいでしょ？　スヴェータ……、パーヴェル……。

スヴェータ　レーナ、あなた、何を言っているの？

ニーナ　異常だわ。

レーナ　結婚式のことを言ってるのよ、私たちの……パーヴェル……。私たち、ずっと一緒なのね……。

ニーナ　あんたたちはなんでここにいんの？

レーナ　私とパーヴェルは婚姻届を出すのよ。

ニーナ　はあ?!　あんた頭だいじょうぶ?!

レーナ　パーヴェル、パーヴェル……パーヴェル……。

（間）

パーヴェル　みんな……。
ニーナ　なによ。
パーヴェル　ニーナ……。
レーナ　パーヴェル……。
パーヴェル　レーナ……。
スヴェータ　どう理解したらいいのかしら?
パーヴェル　スヴェータ……。
ニーナ　くっそう!（出ていく）
パーヴェル　ニーナ!　みんな!（出ていく）

キッチン

ニーナ　汚らわしい!　自分が汚らわしい奴だって分かってんの?!
パーヴェル　ああ、ニーナ……。
ニーナ　あんたは、まったく、あんたって人は!
パーヴェル　ニーナ!（出ていく）

玄関

レーナ　パーヴェル……パーヴェル……。（泣いている）
パーヴェル　レーナ！（出ていく）

部屋

スヴェータ　これは予期すべきだったわね。あなたの生き方は、あなたの振る舞いが物語っているのですものね。
パーヴェル　スヴェータ！

キッチン

ニーナ　このクズ！
パーヴェル　ニーナ……。（出ていく）

玄関

レーナ　パーヴェル！
パーヴェル　レーナ……。（出ていく）

部屋

スヴェータ　人間というものはその振る舞いから判断できるものだわ。
パーヴェル　スヴェータ……。（棚からハンカチを取り出し、走って出ていく）

キッチン

ニーナ　私が引き下がるとでも思ってんの?!　このろくでなし！　泣いたりなんかしないわよ（ハンカチを投げつける）闘ってやる！

パーヴェルはハンカチを拾い上げ、走って出て行く。

玄関

レーナ　パーヴェル！

パーヴェルは彼女の涙をぬぐい、走って出ていく。

部屋

スヴェータ　何事かを成し遂げる前には、入念に考えるべきね。

パーヴェルは彼女にハンカチを渡し、走って出ていく。

キッチン

パーヴェルは水の入ったグラスを取り上げ、ニーナに渡す。

ニーナ　ちくしょうね、あんたは。勝手にしやがれ！

パーヴェル　レーナ！
ニーナ　レーナ?!　帰る！
パーヴェル　僕はどうなるんだ?!（水の入ったグラスを取り上げ、走って出ていく）

玄関

レーナ　どうしたの、パーヴェル?!　私、無理……。（飲む）
パーヴェル　スヴェータ！
レーナ　スヴェータ?!　愛してないのね……。
パーヴェル　愛してるよ！（グラスを取り、走って出て行く）

部屋

スヴェータ　人生が失敗だけで出来ているのはよくないことだわ。
パーヴェル　レーナ！
スヴェータ　レーナ?!　飲みたくありません。
パーヴェル　僕は君がいないとだめなんだ！（走って出ていく）

キッチン

僕は君がいないとだめなんだ！

玄関

君がいないとだめなんだ！

部屋

だめなんだ！

キッチン

だめなんだ！

だめなんだ！
レーナ　さよなら！

玄関

ニーナが入って来る。

ニーナ　あんたの本性が分かってよかった！　このろくでなし！

スヴェータが入って来る。

スヴェータ　間違えているわ、みんな、でも……。
パーヴェル　僕は君たちがいないとだめなんだ!!!　だめなんだ！　帰らないでよ！　お願いだよ！　君たちがいないと死んじゃうんだ！　自分の人生を想像できないよ！　君たちが帰っちゃったら僕は！　君たちを愛してるんだ！　僕を殺さないでくれ！　お願いだよ！　お願いだ！　だって……僕は、嘘なんかついてないんだから！　神様！　なんでこんなことに！　ニーナ、スヴェータ、レーナ！　君たちを愛してるんだ！　ちくしょう！　君を、君を、君を愛してるんだよ！　神様！　殺さないでくれ、殺さないでくれよ！　ちくしょう！

ニーナ　ろくでなし！

パーヴェル　君を愛してるんだ！

レーナ　そんなことありえない……。

パーヴェル　君を愛してるんだ！

スヴェータ　道徳というものがあるでしょう……。

パーヴェル　君を愛してるんだ！

ニーナ　選びなさいよ。

（間）

パーヴェル　いやだー!!!　できないよ！　できない！　できないんだ！

レーナ　だめよ、ありえない！

パーヴェル　あるんだよ、ちくしょう！　どう証明したらいいんだ！　君たちの誰か一人でも帰ってしまったら、僕は自殺してやる！　死んでやる！

ニーナ　そうすりゃいいでしょ。

レーナ　だめよ!!!

ニーナ　私が残ればいいってあんた思う？
レーナ　ええ!!!
ニーナ　ろくでなし！（出ていく）
スヴェータ　道徳の勝利だわ！（出ていく）
レーナ　パーヴェル！（出ていく）
パーヴェル　いやだ!!!　僕は嘘なんかついてない！　君たちを愛してるんだ！　本当だよ！　嘘はついてない！　こんな人たちはいないんだ！　僕はいろんな人を知ってる！　こんな人たちはいないんだ！　君たちは僕にとって、ひとつの完全体なんだ！　いないとだめなんだ！　できないよ！　もう終わりだ！　こんな終わりが来るって分かってたよ！　幸せな一年だった！　たったの一年！　狂気の一年！　でも幸せだった！　この一瞬に命を捧げるよ！　おしまいだ！

闇。
間の後、ドアのベルが鳴る、ベルと同時に灯りがつく。
パーヴェルがドアを開ける。
スヴェータが入って来る。

パーヴェル　スヴェータ！
スヴェータ　こんにちは、パーヴェル。
パーヴェル　来てくれて嬉しいよ。（抱きしめようとする）
・・・・・・・・・・・
　　以下、冒頭に戻る。

（モスクワ、一九八五年）

訳者あとがき

本書はロシア出身でベルリン在住の劇作家イリヤー・チラーキの戯曲から、訳者が選んだ二作品を訳出したものである。翻訳したテクストの原題と底本は、『集中治療室の手紙』Интенсивные письма (в кн.:Члаки И., Театр. IGRULITA Press, USA, 2012) と『独楽、あるいはそんなことありえない』Волчок, или так не бывает (в кн.:Члаки И., Новые пьесы, М., 2004) である。二つの作品が執筆された時期はかなり隔たってはいるが、日本で初めての紹介となるため、ドイツ移住後のチラーキの特徴がよく表れている『集中治療室の手紙』と、移住前のモスクワ時代の代表作で、現在もヨーロッパでよく公演されている『独楽』を併せて読者に届けたいと思う。初めて彼の世界と出会う読者のために、訳者が知りうる範囲内ではあるが、この作家について少し説明したい。

イリヤー・アレクサンドロヴィチ・チラーキは一九五九年にモスクワで生まれた。駆け出しの劇作家だったソ連崩壊直後の一九九一年にロシアを出てベルリンに移住、現在にいたるまでドイツを拠点に執筆活動を続けている。つまり、移民系ロシア語作家の一人ということになる。これまでに五十作以上の戯曲を創作し、英語、ドイツ語、フランス語、イタリア語など約十か国語に翻訳され、欧米諸国やロシアを含む旧ソ連圏の国々でたびたび上演されている。

チラーキという聞きなれない姓は筆名で、本名はチラーキシヴィリという。人権擁護活動をしていた弁護士の母と、モスクワの地下室や共同住宅の日の当たらぬ部屋で子ども時代を過ごし、工場勤務をしながら夜間の学校に通ったという。

一九九一年、『独楽』がシェリコヴァ劇作家コンクールで受賞する。翌年には同作品をもってアメリカのユージン・オニールシアターセンターへ招かれ、米国の役者たちによる公演を行った。その後もドイツやロシアを中心に数々の賞にノミネートされており、昨年はヨーロッパで翻訳ものの戯曲作品を評価する〈ユーロドラム2018〉に最新作『バイオリン』がノミネートされている（これがまた素晴らしい作品で、チラーキの世界文学的な創作の集大成ともいえる完成度をもち、彼の代表作になることは間違いない）。

本書でご紹介した『集中治療室の手紙』は、二〇一二年にドイツのバーデンヴァイラー国際演劇コンクールで二位になった二幕ものの喜劇だ。この戯曲はまだ他の言語には訳されておらず、この日本語訳が初の翻訳になる。

ちなみに、チラーキの作品の中では、『Ты, я...』（英訳では『You, I...』）がもっとも多くの言語に訳されており、世界での上演数も断トツだ（ロシアでもペテルブルクのバルチックドーム劇場で定期的に上演されている。機会のある方はぜひご覧になっていただきたい）。この戯曲では、主人公のドミトリーとクラウネスの激しい会話が繰り広げられるのだが、実はクラウネスはドミトリーの脳内の存在であるため、若い頃の母になったり、年老いた母になったり、はたまた妻になったり、かつてのガールフレンドになったりという具合に次々と人格を変えていく。それに合わせてドミトリーもまた、幼い息子、若い青年、夫……とめまぐるしく変わっていく。その中で、各人の人生が浮き彫りになっていくのである。

最大の特徴は、彼らの会話のなかで一人称の「я（I）」と二人称の「ты（you）」が飛び交い、二人がそれぞれに相手に投げつける夥しい数の人称の応酬がテクストを織り上げていく点だ。この見事な手法が、この戯曲が世界中で上演され愛されるゆえんなのだが、残念ながら、人称が多様な日本語への翻訳は不可能だ。チラーキも当初、『Ты, я…』の邦訳を薦めてくれたのだが、日本語の性質からして翻訳は断念せざるをえなかった。このようなチラーキの創作を、詩人のエヴゲニヤ・リッツは「古典演劇と不条理演劇のあいだにある道を見いだした」とうまく評しているし、演出家のニコライ・ローシンも、人間心理については古典的なラインを踏襲しながら、それを伝える研ぎ澄まされた対話が特別な仕方で際立っており、チラーキの戯曲は現代演劇の舞台言語を豊かにしうるハイレベルのものだと絶賛している。

そうしたチラーキの魅力を日本語で最大限に伝えることのできる作品として選んだのが「集中治療室の手紙」である。この戯曲はマリアという女性を軸に、ベルリンのある病院の集中治療室で死の淵にいる人たち（亡くなったばかりの人たちかもしれない）と彼女との会話から成っている。彼らとの会話の間には、遠くに住んでいるという自分の息子へ語りかけるマリアのモノローグが挿入されている。このマリアという女性が何者なのかはラストまでわからない。話し相手にあわせて、母親になったり、看護師になったり、家政婦になったり……。

読者はまず、冒頭のエディータとマリアのくだりですでに、この母娘が過去と現在を行きつ戻りつしながら、たやすく時を超えている様子に気づかれるだろう（ちなみに、最後まで読めばわかるのだが、この二人は実際には親子ではない）。このエディータもまた、少女のように母に甘えながら、実際にはひ孫までいる老女なのだ。

このように、チラーキの創作を貫くテーマは死、死をめぐる人間同士の関係性だ。より正確にいうなら、生と死のはざまにある時空間とでもいおうか。薄い壁のようなもの、あるいは目に見えぬ国境のようなもの（と我々が漠然と想像しているもの）の境界を、彼の言葉は、登場人物たちの人生をすっぽりとおさめることのできる、だが生の空間とは異質の無限のトポスへと創りあげていく。集中治療室にいる人びとをひとりずつ訪ね、彼らの人生最後の話し相手となるマリア。その短い会話に、ひとりひとりの人生が垣間見える。とりわけ、うまくいかなかった人生、誰にも話さずにいたもうひとつの人生が。

さらに、登場人物たちの名が、多様な出自を思わせるものとなっていることにも気づかれただろう。ロシア語で書かれたテクストでありながら、彼らが何語で会話をしているのかは定かではない。ロシア人のボリスはマリアに、ロシア語がわかるのか、あんたはロシア人なのかと問うが、マリアは、自分はドイツ人で、話している言語が「何語かなんて関係ない」と返す。

「マリア」という名の効果はここでは最大限に発揮されている。キリスト教圏では（それぱかりか日本においてさえも）、マリアという名は一般的なものだ。それゆえにどの国の出身者も「マリア」に親近感を感じ、容易に心を開く。多様な出自をもつ登場人物たちを結ぶ役割として、こうした越境的な名をもつ女性を配する手法は、チラーキの作品でしばしば用いられるものだ。また、それぞれの人物が語る人生のエピソードは、喜劇的なものから非現実的に感じられるものまであり、リアルと不条理が絶妙に絡み合っている。移民の集まりであるベルリンの病院を舞台にしながらも、言語が異なることで生じる齟齬や無理解にアクセントが置かれるわけではなく、たまたま同じ場に居合わせた者同士が、今終えたばかりの生に覚えた軽い失望へ共感しあう様子が、なぜだか心地よく感じられる。こうした作風は、第四の波とも第五の波とも呼ばれるソ連崩壊後の移民作家たちのなかにあっても彼独自のものかもしれない。

チラーキの戯曲は、読み物としても楽しめるし、もちろん日本で舞台化される機会が訪れればこんな嬉しいことはない。ただしチラーキは演出にはけっこううるさく、上演されたことを喜びながらも、演出の端々への不満をこぼしたりもする。死がテーマになってはいるが、ト書きをよく見ていただくと照明が明るく鮮やかで、決して「暗い」作品ではなく、あくまでも「喜劇」なのである。

このあとがきを書いているのは二〇一九年四月二九日、まったくの偶然なのだが、チラーキの六十歳の誕生日と重なった。人生の節目となる年に日本で初めての訳書が出ることを作家自身も心から喜んでいる。文学と演劇を愛する日本の読者たちとの良き出会いが待っていることを願うばかりだ。さらに関心をもたれた方は以下のチラーキのホームページ（http://www.chlaki.de/ru/index. html）を参照されたい。

最後になるが、日本ではまだまったく無名の作家の出版を決めてくださった群像社の島田進矢さんに心からのお礼を申し上げる。また、チラーキの作品を訳者に薦めてくれたアンナさん、チラーキの長年の親友であり演劇評論家のセルゲイ・ムラーシキン氏にも非常に感謝している。ことにムラーシキン氏は、モスクワのプーシキン広場のベンチで二時間以上もチラーキの戯曲についての「講義」を訳者にしてくださった。いかにもロシアらしい出来事が嬉しく、とても大切な思い出となっている。

イリヤー・チラーキ

1959年、モスクワ生まれ。劇作家としてデビューした直後の1991年からドイツのベルリン在住。作品はドイツやアメリカで先に評価され、最近はロシアでもペテルブルクのバルチックドーム劇場で定期的に上演されている。チェーホフと同様、人間の死や人生の不運・失敗を「喜劇」にした作品が多い。1996年からドイツ作家同盟会員。2008年より国際ロシア語作家連盟（2005年にミュンヘンで創設）会員。50作以上の戯曲（モノローグ、一幕物、二幕物）が英語、ドイツ語、フランス語、イタリア語などに訳され、イギリス、ベラルーシ、ブルガリア、ドイツ、アメリカ、フランスなどで上演されている。本名イリヤー・チラーキシヴィリ。

訳者　高柳聡子（たかやなぎ さとこ）

福岡県生まれ。早稲田大学第二文学部卒業。同大学大学院文学研究科ロシア文学専攻博士課程修了。文学博士。専門はロシアの現代文学、女性文学、ジェンダー史。現在は早稲田大学などで非常勤講師としてロシア語、ロシア文学を教える。著書に『ロシアの女性誌』（ユーラシア文庫、群像社）がある。

群像社ライブラリー41
集中治療室《しゅうちゅうちりょうしつ》の手紙《てがみ》
2019年8月29日　初版第1刷発行

著　者　イリヤー・チラーキ
訳　者　高柳聡子

発行人　島田進矢
発行所　株式会社 群 像 社
神奈川県横浜市南区中里1-9-31 〒232-0063
電話／FAX　045-270-5889　郵便振替　00150-4-547777
ホームページ　http://gunzosha.com　Eメール　info@gunzosha.com
印刷・製本　モリモト印刷

カバーデザイン　寺尾眞紀

Илья Члаки
Интенсивные письма/Волчок, или так не бывает

Ilya Chlaki
Intensivnye pis'ma / Volchok, ili tak ne byvaet

ISBN978-4-903619-98-9

ジャンナ

ガーリン　堀江新二訳　学者の未亡人ジャンナを世話する若者は別の二人の老人にも同じように尽くし、実の子以上にかわいがられていた。老人たちはそれぞれにこの愛すべき若者に遺産をすべてゆずろうと遺書をしたためていたのだが…高齢化社会で変わっていく人間関係を浮き彫りにする現代戯曲。 ISBN4-905821-68-1　1300円

アレクサンドル・プーシキン／バトゥーム

ブルガーコフ　石原公道訳　社交界の花だった妻をめぐるトラブルから決闘で死んだロシアの国民的詩人プーシキンの周囲にうごめく人びとのドラマと、若きスターリンを主人公に地方都市バトゥームでの労働運動を描いて最終的に上演を許可されなかった最後の戯曲を新訳。 ISBN978-4-903619-15-6　1500円

アダムとイヴ／至福郷

ブルガーコフ　石原公道訳　毒ガスを使った世界戦争が勃発したあと、わずかに生き残った人間たちは何を選択するのか？　タイムマシーンで23世紀の理想社会に迷い込んだ人間たちが巻き起こした混乱から脱出する試みは成功するのか？　ブルガーコフが描く二つの未来劇。 ISBN978-4-903619-31-6　1500円

猫の町

ナリ・ポドリスキイ　津和田美佳訳　猫の記念碑が建てられるほど猫をこよなく愛していた町で人間が猫に襲われ猫インフルエンザのウィルスが見つかると、町は検疫で封鎖され町の住人は猫殺しにはしりはじめた…。感染パニックにおちいる現代社会を30年前に予見していたミステリー小説。 ISBN978-4-903619-17-0　1500円

私（ヤー）

A. ポチョムキン　コックリル浩子 訳　子供の頃から人間の残酷さと下劣さに苦しめられた孤児カラマーノフはやがて成長し社会の欠陥を暴露する実験にとりかかり新たな知的生命体による人類の支配をめざす。現代のドストエフスキイと評される作家がロシアの病巣にメスを入れる中編小説。 ISBN978-4-903619-45-3　1800円

価格は税別

かもめ　四幕の喜劇

チェーホフ　堀江新二訳　作家をめざして日々思い悩む青年コースチャと女優を夢見て人気作家に思いを寄せる田舎の娘ニーナ。時代の変わり目で自信をなくしていく大人社会と若者のすれちがいの愛。チェーホフ戯曲の頂点に立つ名作を聞いて分かる日本語で新訳。

ISBN4-905821-24-X　900円

三人姉妹　四幕のドラマ

チェーホフ　安達紀子訳　世の中の波から取り残された田舎暮らしのなかで首都モスクワへ返り咲く日を夢見つつ、日に日にバラ色の幸せから遠ざかっていく姉妹。絶望の一歩手前で踏みとどまって生きていく姿が心に残る名戯曲を新訳。　ISBN94-905821-25-8　1000円

さくらんぼ畑　四幕の喜劇

チェーホフ　堀江新二/ニーナ・アナーリナ共訳　長い間、生活と心のよりどころとなっていた領地のさくらんぼ畑の売却を迫られる家族…。目の前にいる不安定な人たちの日々のふるまいを描きながら未来の人間の運命に希望をもつチェーホフの「桜の園」として親しまれてきた代表作を題名も一新して現代の読者に届ける。

ISBN978-4-903619-28-6　900円

検察官　五幕の喜劇

ゴーゴリ　船木裕訳　長年の不正と賄賂にどっぷりつかった地方の市に中央官庁から監査が入った。市長をはじめ町の権力者は大あわて、役人を接待攻勢でごまかして保身をはかる…。役人と不正というロシアの現実が世界共通のテーマとなった代表作。訳注なしで読みやすい新訳版。　ISBN4-905821-21-5　1000円

結　婚　二幕のまったくありそうにない出来事

ゴーゴリ　堀江新二訳　独身生活の悲哀をかこつ中年役人とそれをなんとか結婚させようとするおせっかいな友人。無理やり連れていった花嫁候補の家では五人の男が鉢合せして集団見合い、さてその結果やいかに。思わず上演したくなる軽やかな逸品。

ISBN4-905821-22-3　800円

価格は税別

群像社ライブラリー

右ハンドル

アファチェンコ　河尾基訳　大量の日本の中古車が左ハンドルのロシアで生き返り極東の人々の生活に溶け込んで愛されていた。だが中央政府の圧力で次第に生きる場を失っていく日本車。右ハンドルと共に生きたウラジオストクの運命を地元作家が語るドキュメンタリー小説。

ISBN978-4-903619-88-0　2000円

駐露全権公使 榎本武揚 ㊤㊦

カリキンスキイ　藤田葵 訳　領土交渉でロシアに向かう榎本武揚と若いロシア人将校の間に生まれた友情は日露関係を変えられるのか。旧幕府軍の指揮官から明治新政府の要人へと数奇な人生を送った榎本に惚れ込んだロシアの現代作家が描く長編外交サスペンス。

上巻 ISBN4-905821-81-1／下巻 ISBN4-905821-82-8　各1600円

ケヴォングの嫁取り　サハリン・ニヴフの物語

ウラジーミル・サンギ　田原佑子 訳　川の恵みで繁栄していた時代は遠くなり小さな家族になったケヴォングの一族。ロシアから押し寄せる資本主義の波にのまれて生活環境が大きく変わっていく中で人びとの嫁取りの伝統も壊れていく。サハリン先住民の作家が民族の運命を見つめた長編ドラマ。　ISBN978-4-903619-56-9　2000円

出身国

バーキン　秋草俊一郎 訳　肉体的にも精神的にも損なわれた男たちの虚栄心、被害妄想、破壊衝動、孤立と傲慢……。それは現代人の癒しがたい病なのか。文学賞の授賞式にも姿をみせず、沈黙の作家といわれたまま50代前半でこの世を去った作家の濃厚な短篇集。

ISBN978-4-903619-51-4　1900円

寝台特急 黄色い矢

ペレーヴィン　中村唯史・岩本和久訳　子供の頃にベッドから見た部屋の記憶は世界の始まり。現実はいつも幻想と隣り合わせ。私たちが生きているこの世界は現実か幻想か。死んだ者だけが降りることのできる寝台特急に読者を乗せて疾走するペレーヴィンの初期中短編集。　ISBN978-4-903619-24-8　1800円

価格は税別

はだしで大地を　アレクサンドル・ヤーシン作品集

太田正一訳　モスクワの北東約六百キロ、ロシアの原風景・北ロシアに生まれて早くから詩人として認められたソ連時代の抒情派詩人。戦後は国家主導の文学理論と相容れず、大きなものの陰に隠れた小さな生きものたちの命を見すえた散文に精力を注いだ作家の日本初の詩的作品集。
ISBN978-4-903619-71-2　1800円

春の奔流　ウラル年代記①

マーミン＝シビリャーク　太田正一訳　ウラル山脈の山合いをぬって走る急流で春の雪どけ水を待って一気に川を下る小舟の輸送船団。年に一度の命をかけた大仕事に蟻のごとく群がり集まる数千人の人足たちの死と背中合わせの労働を描くロシア独自のルポルタージュ文学。
ISBN4-905821-65-7　1800円

森　ウラル年代記②

マーミン＝シビリャーク　太田正一訳　ウラルでは鳥も獣も草木も、人も山も川もすべてがひとつの森をなして息づいている…。きびしい環境にさらされて生きる人々の生活を描いた短編四作とウラルの作家ならではのアジア的雰囲気の物語二編をおさめた大自然のエネルギーが生んだ文学。
ISBN978-4-903619-39-2　1300円

オホーニャの眉　ウラル年代記③

マーミン＝シビリャーク　太田正一訳　正教のロシア、異端の分離派、自由の民カザーク、イスラーム…さまざまな人間が煮えたぎるウラル。プガチョーフの叛乱を背景に混血娘の愛と死が男たちの運命を翻弄する歴史小説と皇帝暗殺事件の後の暗い時代に呑み込まれていく家族を描いた短編。
ISBN978-4-903619-48-4　1800円

裸の春　1938年のヴォルガ紀行

プリーシヴィン　太田正一訳　社会が一気に暗い時代へなだれこむそのとき、生き物に「血縁の熱いまなざし」を注ぎつづける作家がいた。雪どけの大洪水から必死に脱出し、厳しい冬からひかりの春へ命をつなごうとする動物たちの姿。自然観察の達人の戦前・戦中・戦後日記。
ISBN4-905821-67-3　1800円